詭異人間

殷培基　著

推薦序
天堂無路，地獄無門　　　　　　　　　　　　　　周子恩

　　誰不知道人間不是天堂也沒有樂土，培基兄卻要把地獄之門硬生生打開，強迫各位讀者直視身邊及心中各式各樣魑魅魍魎。不，其實他從來沒有運勁去揭開醜陋人性。他只不過像點穴名家利用指上功夫，將人類古已有之的種種劣根性輕輕點出，僅此而已。

　　賤賣人性一事，古已有之，歷史上販國求榮賣友致富的故事實在不勝枚舉。到底這些人作惡是天性使然，還是環境污染侵蝕之下的必然反饋，可謂千古難題。

　　現代社會，情勢更加複雜多變，稍有不慎，好人亦難免入魔成妖。網路世界無遠弗屆，又便於匿名隱身，自是妖魔鬼怪橫行之地。所謂人心不古，當真假正邪善惡是非之界線越發模糊，一時歪念便更易演變成惡行。

　　難得培基兄假借小說人物，盤點現世各種妖域異象——時局多變，親人被迫離散，傳統失去文化傳承之價值意義，人倫親情會否淪為產業商機？

　　江湖多詐，真假難辨，尤其在社交平台開放的今日，人人都可以成為幾分鐘英雄，到底以名門正派自居的一代宗師們，又如何自處？作者已死，誰都可以為任何人或物事賦予意義，問題是，誰懂得珍惜這些得來不易的權力？一旦自由被濫用誤用，誰有能力撥亂反正？黌宮本應樹人為業，假若為師者不以

育人為己任，偏要辱人為樂，我們又有何對策？

　　小說家言，或許有人會以為是子虛烏有，或過分想像，但生於乖張荒謬世紀的我們，總能在本書各項情節中回溯自身經歷或身邊親友的悲慘教訓，甚至個人在腦海中浮現過的小小念頭。

　　上述各項，僅述及本書部分內容，已足夠令人惴惴不安。相信聰明的讀者，亦會按自身經歷對號入座，如能自覺覺他，更是難得因緣。即使本書未足以令世人放下屠刀，但只要令人有三分鐘自省，在今時今日，亦算是功德無量。

推薦序
妖由人興

謝傲霜

中國春秋時期，鄭國國都南門之下，有一條門內的蛇，與一條門外的蛇發生激烈的打鬥，最後門內的蛇被咬死。六年之後，鄭厲公便結束長達十七年的流亡，回國重新即位。

魯莊公聞說此事，向睿智博學的士大夫申繻詢問道：「（厲公能夠回國執政）難道與妖蛇有關？」申繻就答：「一個人（會否遇到他）所顧忌之事，乃由於他自己的氣焰所招致。所謂妖孽是由人自身的原因而生。人若無缺陷，妖孽自己不能起來。人丟棄正道，妖孽就產生了，所以才有妖孽。」

那鄭厲公是怎樣的人呢？詳細不說，單說他如何對待協助他復位的人傅瑕，就知一二。當時鄭國在大臣祭仲的把持下由鄭厲公的兄弟鄭子嬰繼位，鄭厲公帶兵攻打自己國家，俘擄了大夫傅瑕，要挾對方幫自己回國復位。傅瑕答應了，並真的殺死了鄭子嬰和他的兩個兒子，可鄭厲公回國重新繼位後，便殺死了傅瑕，還派人對伯父原繁說：「傅瑕對國君有二心，周朝有定律要懲罰這類奸臣，故他已得到應有懲罰。」（《左傳》〈莊公十四年〉）

妖由人興一成語，典出於此，亦正正是最能闡釋《詭異人間》一書的典故和成語。

本書沿襲殷培基老師過去的著作《心魔經》（2005）、《人魔紀》（2006）、《怪病》（2016）和《魑魅人間》（2022）

的創作風格，以黑色幽默之筆撰奇幻荒誕的故事，滿載對人間真實世界的嘲諷與警醒，描畫現代生活與當今網絡文化的暗黑腐敗，影射人性軟弱無能可惡可悲之處。殷老師筆下故事的結構更往往峰迴路轉，部分結局令人意想不到，餘音嫋嫋讓人深思。

〈先人指路〉闡述移民潮下，透過互聯網委託他人代為拜祭祖先的文化盛行，但祖先對此等虛擬心意又是否滿意呢？想「搵鬼笨」但群鬼卻起來抗議，鬧鬼其實是鬼在鬧人？

〈武林大會〉筆下的火雲掌刀、詠春八斬刀、七星螳螂拳、閃電鞭、醉拳，傳統武術在互聯網世代較勁，真材實料真功夫重要，還是懂得營銷宣傳策略重要？從功夫切入，其實可套用於所有關於實力與宣傳伎倆何者才是致勝之道的思考。

〈德古拉的伯爵茶〉故事幽默抵死，愛爾蘭作家 Bram Stoker 筆下的吸血鬼德古拉伯爵，隨多年來不斷成為世界各地不同文本的二創角色，而生長成形為真實的血肉之軀，與此同時，這吸血鬼亦成為吸血商人的招財工具。本文可說是一篇「後設小說」，作者以小說中的德古拉批判現實世界人們為求利潤，挪用著名小說角色德古拉伯爵來賺錢，胡吹亂謅不分真假，毫不尊重原創作品。讀者在閱讀時，不斷被提醒本小說的虛構性，從而引導讀者思考現實世界的荒謬與可悲之處。

〈師 crets@ 附件一〉顯然是對中文教育以至整個教育制度的強烈批判。本書作者身為中文老師多年,深刻體會考試制度下中文教育如何扼殺真正的創意,同時對校園內的辦公室政治有確切的了解,平靜美麗的校園、滿有愛心的教育團隊之下,潛伏波詭雲譎的勾心鬥角。

〈超能力失敗者〉鏤刻了金錢至上的社會如何將美好的童真剝奪殆盡,甚至扭曲人性,踐踏自己和他人的自尊。童年的超級英雄偶像,與現實的大人世界出現了極致的反差。小說爆發出眾多值得人深思的議題:究竟電視、電影、漫畫中存在的超級英雄,是人類的自我安慰劑?還是自我欺騙術?現實世界用怎樣的邏輯,去塑造人類關於成功和失敗的價值觀?

〈魔瞳〉以詭異的筆法,書寫了以貌取人的可悲。才華洋溢的醜女受盡歧視壓迫,激發出她身體內在的反抗力量,猶如人格分裂的「魔瞳」在頭上叢生,最終卻是誘使她向不合理世界反擊的善意聲音。真正的魔,其實是榨壓醜女的人和外在世界。所以溫順不見得對自己好,讓內在的憤怒爆發也不見得是壞事。故事的想像力非凡,有日本著名恐怖漫畫家伊藤潤二的奇幻感。

究竟在每一個故事裏面,人心與人性、善與惡、人與妖如何大鬥法?揭開本書,總不令你失望。

不過小心，要好好把妖收在本書裏，別讓它跑出人世間作惡。但若真的跑出來了，既然妖由人興，那妖也可由人滅吧？好讀者，靠你們囉！

自序
想寫有靈魂的故事

殷培基

不久之前跟好些文友閒聊，談及創作，聊創作的速度和密度，聊時間的管理，也聊文學創作的習慣、風格和喜好，其中又談談彼此喜歡的作家、喜歡的書籍、喜歡的電影和音樂。這種交流實在無比暢快，在文學的話題上放浪、奔馳，無拘無束的思想交換，交心分享，是多麼的難能可貴呢！

也就是這些交流，讓我在寫作上發掘自己更多的可能性，又或者更了解自己的擅長和愛好，讓思想在紙上飛，讓文字穩穩的踏在原稿格子上。事實上，跟我相交相熟的文友都知道，大家都很忙碌，可以好好的、靜靜的思考、閱讀和寫作，如同在無垠的沙漠上尋覓罕見的綠洲，會找到的，我相信。然而先決條件是，掌握發現時間縫隙的秘訣，然後在縫隙中鑽進去，綠洲便在其中。可是，我總想問，為何文學的綠洲要存活在時間的裂縫裏？為何不可以在日常生活中開拓出一塊安舒的平台？我和一班文友都是城市的觀察者，記錄者，甚至預言者，我們拼命地營營役役，縱然工作多忙多累，也不放棄寫作，經常在時間小偷的手上，偷取時間閱讀和創作，為了甚麼？

為寫下屬於我們的城市和生活，呈現和抒發我們對這座城市的感覺，書寫被這個社會陶鑄出來的人種，在他們種種精神面貌和行為中，表達我們的關注，嘗試尋覓知音，啟發別人。我記得有一次，一個老朋友問我：「除了青少年文學作品外，你還懂得寫甚麼？」我記得當時自己的反應，眼瞪大了，嘴角

微揚，重重的吸一口氣，想發作卻壓抑住，畢竟他不大讀文學作品，也相識這麼多年了，既然早知道是對牛彈琴，也就沒必要拿這頭牛來出氣。我溫和地道：「我不懂寫呀！但喜歡寫我觀察到的，再想想有趣的故事，把想說的話藏到作品去。至於青少年、兒童、類型、通俗或嚴肅文學與否，沒有刻意的分門別類，只力求創作好看的作品，就只一家。」

關於這本書，繼 2022 年的《魑魅人間》後，再推出一本荒誕奇幻的短篇小說。本書載入了六篇關於人性和社會的作品，都在現實生活之中擷取素材，加添幻想，提出問題。《「先人」指路》道出了移民風大吹之下，留滯的先人如何？網上拜祭僅僅是世人的心靈安慰。《武林大會》諷刺學武成風的鄉鎮，滿是吹噓互捧多於真材實學。《德古拉的伯爵茶》批判經典作品乏人問津，只淪為世人謀利的商機。《「師 crets」@ 附件一》提出了一個貼身的教學問題，我們喜歡創作，跟考試制度帶來怎樣的矛盾和衝擊？藉此表達我對教育的省思，也批評教育界的山頭主義。《超能力失敗者》探討人性和自尊的角力，為了錢可否出賣尊嚴？《魔瞳》講述畫人成魔，諷刺人虛偽和功利一面，置藝術不顧之餘，還不斷消費藝術，最終惡有惡報。

除了籃球題材的青少年文學作品，我還懂寫甚麼？

我可以回答了：我只是不懂寫一些胡亂堆砌的高深文字，和，沒有靈魂的故事。

2024 年 4 月

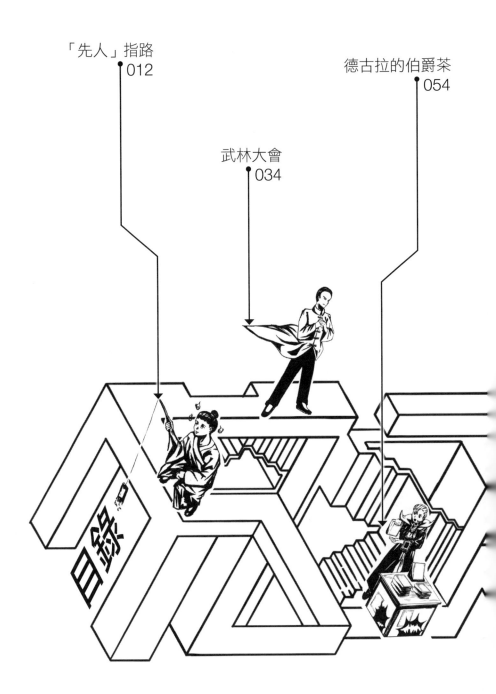

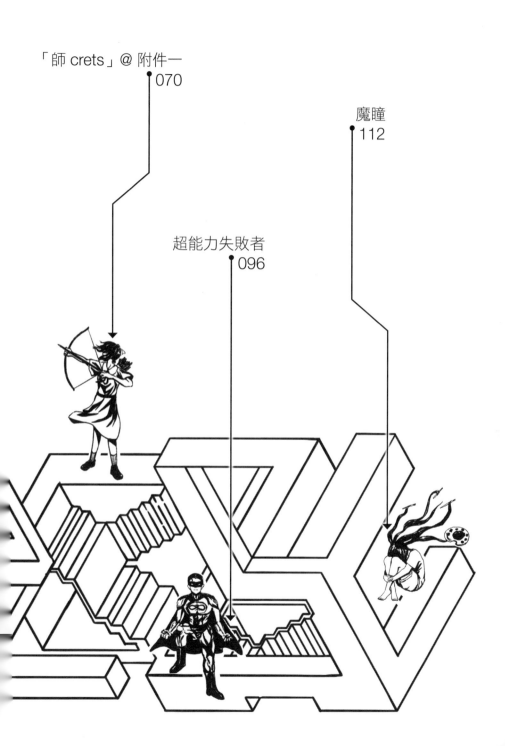

「先人」指路

（1）

　　擦拭得光亮新淨的雲石壁面，黑白的紋路天然生成，然後被切割成一方一方紋理不一，各有美態的磚塊。有些人喜歡黑多白少，有些相反。甚至再科學一點，計算百分之五十的黑白比例，或是四六之比的黑少白多。須知道雲石樣式多變，本身已是一件藝術品，像水墨畫，像行雲，像流水，像名山，像大川，狀青虬，狀雲豹，狀雪虎，狀雄鷹，都顯現典雅和高尚的氣派。

　　老陳最近住進來，都跟鄰居互相造訪，還起勁地討論和研究彼此的雲石門板。其中有一位鄰居比較特別，孤獨的脾

性生人勿近，不但不修邊幅，連天天見人的雲石門板都日久失修，封了兩吋厚塵，邋遢而且荒涼。

「雲石有生命的，要經常擦拭打理，便愈見亮麗光鮮，即使在無光的日子，也像鏡子一樣明亮。」記得半年前，老陳初來報到，主動跟這個邋遢鄰居打招呼，便談到他的「雲石論」來。豈料對方（後來聽鄰居稱呼他張伯）不但不理睬，還關門不應。有時老陳的兒女帶着孫兒到訪，熱熱鬧鬧了一個下畫，兒子也聊到這個「邋遢老張」的門口久沒修繕，蓬頭垢面。

「正一怪人！我住進這裏有近一年了，也沒見過他的家人。獨居老人怪可憐的。」老陳爽快地一口乾了兒子斟的酒。

的而且確，老陳兒孫滿堂，每月都來探望，鄰居大讚他的子女孝順。老陳則謙虛應對：「你睇我好，我睇你好啦！」

一晚，老陳步出庭園，遇上罕見的「邋遢張」。兩人互望一眼，老陳主動微笑打招呼，張伯冷眼點頭，坐在長椅上看初十五的圓月，看一片淺灰的薄雲慢移，蝕進滿圓的月光，像小孩吃餅般，胡亂地一口一口的，最後吃剩一彎月牙。忽然，張伯罕有地開腔，跟老陳道：「喂！在這住，慣了沒有？」

老陳坐在安樂椅上，自在地搖，回答：「算習慣了。一對仔女都算孝順。你呢？很少見你的家人！」

張伯平靜得像當下無風的夜，木訥的表情是習慣孤獨之後修練成的。他冷哼了一聲，道：「唉！看來，你未習慣！」

「此話何解？」老陳好奇起來。

「你有見過其他鄰居的子女來探望嗎？」張伯冷道。

「有呀！每個月都有。前天，二樓的李嬸才高興地跟我說，大孫考上大學，就是那常來探望他的年青人哩！」

「假的！廢老最易受騙。」張伯不屑一笑，拋下這句後，便逕自轉身離開。

老陳懶得跟他爭辯。心忖：怪人就是怪人。

一星期後的清明節，微冷的細雨隨風散成粉末，在空氣裏，在輕風裏，應驗何謂「清明時節雨紛紛」。

這就是老陳的住處，一年裏頭最熱鬧的日子。許多鄰居都走出來迎接到訪的兒孫，一家大小熱熱鬧鬧的。西座那邊人頭湧湧，燒香四起，一個墓幾枝香，一桶桶正在燃燒的冥鏹，一條條翻飛於風雨中的白紙錢，嘈雜紛亂。

老陳喜歡雅潔、寧靜，選擇了東座這邊的骨灰庵堂。子女每月到訪帶來的只是鮮花、清酒，和逗趣的四個孫兒女。

都說鄰居欣羨他，也說張伯取笑他未習慣。但到今天，老陳終於明白，所謂的「未習慣」是怎麼一回事。

一個素未謀面的年青人，站在老陳的靈位前，放下一束小菊，擺了幾杯清酒。然後，仔細審視老陳的雲石面板，在上面噴灑清潔泡沫細心拭擦，最後用冰涼的清水抹乾淨，直抹至如一塊反光鏡般才算滿意。接着，他舉起手機拍照、傳

送，還錄下語音訊息：「陳生，我已替你們祭祀和清潔陳老先生的靈位。照片已傳給你，看看滿意否？」

一切一切，老陳就站在年青人的身邊，看着他替自己的「家居」清潔，然後誦一小段佛經，切切實實的完成拜祭。年青人還拿出一封信，朗讀着：「爸，忘了跟你說，我和細妹打算移民喇。為了仔女，無奈下這決定。相信你若在生，也會同意！爸，我們安頓好後，會定時網上拜祭的。放心。」

老陳既失望又憤怒，滿腦疑問。

這時，張伯從後拍拍老陳瘦小的肩頭，指住年青人背包上一張露出半截的宣傳單張：「代客祭祖，孝敬服務至周到；每月收費，代表孝心。」

他道：「第一個幫襯的，就是二樓李嬸。這一層，由他承包來做。慢慢習慣喇！廢老！」

「網上拜祭，是否用 ZOOM 進行？」那邊廂，遙遠的地球另一邊，兒子正在網上查詢。而遢遢張索性懶理，細雨下微涼，早已習慣。

（2）

英國的三月天霧雨連綿，陳生一家來了不久，仍不太習慣這裏的天氣。老實說，適應不了天氣，便很難適應生活。有時候思「香」（鄉）情發，便多關注香港那邊的新聞。

「老公，這邊很快入黑，冬天時節，尤其十二月，下午三時便開始日落，我有點擔心。」陳太依偎身旁，陳生擁着她，看兩個孩子在屋前的小花園玩耍，道：「擔心甚麼？」

「擔心甚麼？哪還用問？」陳太瞪着眼，眼裏盡是錯愕和驚疑。

陳生被太太這一瞪，即時被通了電似的麻痛了一下，想起可能與「那件事」有關，但他打從心底是不想承認的，太太也不想提起，不准他提起。

「你真矛盾！又不准我講，但明明又這樣想！」陳生悶哼一聲，抬頭看依然明亮的藍天，再看看腕錶，的確，英國跟香港不同，天黑得早，陰雲跟這片土地彷彿共生似的，只有幾個月的好天氣，而好天氣也不代表沒有天黑，入夜這自然現象是無可逃避，唯一可以做的只有鼓起勇氣面對。陳生抱了太太一下，安慰着：「沒事的，我們光明正大！沒做錯，怕甚麼呢？」

可是，陳太仍然難以安心，重重地嘆氣，道：「你還是上網跟那邊的拜祭公司訂個豐厚套餐吧！」

「唔！」陳生默默應了一聲，道：「跟順兒商量一下，訂一個『千億套餐』吧！」

「順兒？你細妹？唉！就是她那孤寒性格連累我們。你忘了當初搞移民，她明明有錢買屋，偏偏要跟我們同住嗎？藉口一大堆，說覓不到風水地，找不到名校區，根本就想慳

租金。上次訂拜祭套餐，她偏要選最平的那個，如果不是我堅持 upgrade？現在我們天天吃定驚藥啦！」一提起陳生的細妹順兒，陳太頓成了一根抹了燃油的火把，燒光了適才的驚懼，她開始喋喋不休地數算陳順兒的不是，陳生一面點頭虛應，一面打開電腦，一面給細妹傳短訊：

子孝：妹，訂個「千億套餐」好嗎？香港那邊的新聞……好像有點恐怖。

順兒：幾錢？

子孝：$8800。港幣。

順兒：貴！

順兒：有用嗎？

子孝：求心安。這套餐包四個工人，兩部車，可以選跑車和越野車，每款各一都可，還送多一個司機。還有雲石麻將枱加兩個老友，金箔麻將一百四十四隻，還有盆菜宴一年四次，或換一次滿漢全席。重點是，每月存一百億到老爸的戶口，整年下來就過千了。

順兒：上次的套餐包每月一次清潔靈位，今次這個有嗎？

子孝：等等！我即時上網問問。

順兒：還有，送兩個老友哪裏夠？打麻將要四個人。你要求他加送多一個啦！

子孝：那邊回覆了。原來千億套餐包每月兩次清潔，但

加送一個老友方面，因為訂餐的人愈來愈多，紙紮廠都好多訂單，要等三星期。而且司機也可算一個，就湊夠四個了。

順兒：司機？司機就是司機，功能只是駕車。

順兒：總之要求加送一個，三星期還好，當然等。錢方面，我付 $2800，其他你付。

子孝：……

子孝：老爸你沒份？

順兒：肯定是你那個神經病老婆提議訂這個的啦！我可以不訂的。

子孝：OKOK！$2800 沒問題，你 payme 給我。

順兒：好。記得下單時提醒那邊，多給一個「雀友」。

陳生下單後，又過了三個星期。

香港那邊的新聞和深宵靈異節目像一串被點燃的朱血色爆竹，砰砰嘭嘭地激烈猛炸，爆爆爆爆爆爆爆爆爆——空屋鬧鬼事件、庵堂鬧鬼事件，後來更誇張，香港頓變鬼城，靈異新聞天天刊載日日不同：彌敦道長者鬼魂陪你搭的士、機場巴士後鏡見七孔流血老太婆、機場安檢 X 光照見行李箱藏老伯人頭，私人屋苑看更巡樓發現，已移民的空置單位內傳出敲打麻將的響聲——單調、沉實、愈敲愈急。

「明明已經做到最好，怎麼會變成這樣？」陳太和她的師奶群成立了「後移民家庭鬧鬼事件關注組」，每天都跟香

港的親友打聽，跟移民各地的新知舊友通消息。陳生一直採取觀望態度，卻也擔心太太的神經質，常安慰她：「我們已經很孝順，別擔心。怎鬧鬼都不會鬧到英國來。」

叮！（whatsapp 提示音）

順兒：哥！那個雀友到貨沒有？

子孝：甚麼雀友？

順兒：給老爸那個。

子孝：呀！忘了跟進。

順兒：哥，昨晚，我家有人深夜敲門⋯⋯

子孝：so？

順兒：我不敢開。睡到半夜，我動彈不得，看見老爸坐在床沿，向我問好。

子孝：黐線！

順兒：他說三缺一，要我陪。

（3）

剛大學畢業的我，做過兩份工都發展不順，也沒有從工作中見到美好的前景（別說笑，這座城市還有前景？）。於是聽朋友說，不如創業，可是哪來資金？政府提出的年青人創業資助計劃根本是個混賬，手續繁複，關卡重重，審批又

慢，與其乾等資助，不如行乞或者賣藝，儲得既快且多。

我，林志光，撫心自問，資訊科技、工商管理雙碩士學位，Cyber Banking 向來是我的強項，如果資金夠，創業沒難度。

「唉！如果我老豆是⋯⋯」許多時候，我跟大部分人一樣，都懂得這句只有香港人明白的至理，如果我老豆是誰誰誰，但後來我看開了，不再唉聲嘆氣，與其慨嘆老豆不是誰，不如做人有點志氣：認清自己是誰！認清了，就豁達了，乾脆躺平。

於是我在家躺平。

直到過了農曆年，積蓄花得差不多光了，父母也旨意我養家，這才開始認真地想：做點事吧！找點事做吧！或者在網上開個頻道做個意見專家。反正這是一個人人都可以做 KOL 的時代，直播自己吃飯都會有人訂閱。

「食飯喇！躺平王！」老爸在喊！我多少都知道他不滿的。

老媽照例都是三菜一湯，其中兩款菜式必然是老爸喜歡吃的，幾十年來都維持這個飯餐組合，讓我想起唸初中時被規定的飯商訂餐，規定了就不可以改，也不可不吃，除非你不訂購，願意多花錢叫外賣。老爸當然不用多花錢，我也沒有多餘錢叫外賣，唯有硬着頭皮地吃他喜歡而我感覺一般的，充饑才可生存，我沒去工作賺錢，別多説話。然而今天的飯

菜有點怪味，我喝了口湯，愣住！一種說不上來的怪異感沿舌頭順滑而下，味蕾都被沖了一遍，「回甘」一詞，大家有聽過，「回酸臭」呢？沒聽見過吧！

「咸酸菜煲豬骨湯？媽，下了很多過期酸菜嗎？刺鼻，腥咸！」我就憑這一口湯，宣布有生以來，我媽煮得最難飲的。

「喝吧！我不覺得有問題。」老爸乾了一整碗，起箸、對齊，夾菜！

「湯沒問題，我只是加了些平時少用的料！」媽也乾了一碗，還夾了一舊泛紫色的酸甜排骨，放到我碗裏。那……那隻豬中過毒嗎？紫紅色的酸甜排骨倒也新鮮！不得了，不得了，光是這一頓晚餐，就該開一個全新的頻道直播啊！

「你二叔公死了！明天要去殯儀館！你也要來！」老爸邊說邊吃，關於二叔公的死，倒也說得平淡，好像是別家的事。我仍在苦思着，該不該咀嚼這塊中毒的排骨，沒空間回應去殯儀館與否的問題，老媽已替我決定了，她盯了我一眼，夾帶一道命令，道：「光仔，你一定要去。二叔公走的時候，手上還緊緊握住你的照片。」

「那又怎樣？」我終究還是吞下那塊排骨，一種蠟燭油的味道掀起味蕾，比那碗湯更有勁，好比一場口腔內的地震，或者恐怖襲擊。

「今晚這頓飯好古怪，對不？」老爸似乎要把謎底揭開，

他道：「難吃！但一定要吃！為你着想呀！媽特意去了黃大仙一趟。」

「甚麼？」十萬個問號勾魂似的，勾得我頭皮發麻。

「二叔公無子嗣，早年你的叔婆走了，便一直獨居。由小到大，他最疼你，過時過節都說要見你，但你自問，有多少年沒去探望過他？你沒心肝！」老媽又夾來一塊排骨，續道：「他暈死了三天，因屍體發臭才被發現，那時警方到場，發現他手上握着一張照片，是你中學時的畢業照。」

「他一定來找你！」老爸的語氣令我生厭，明明是一件令人擔心得要死的事，他卻如此輕描淡寫。他道：「人老，不捨。人死，留戀。若他不肯投胎，就必會在陽間尋找留低的理由，他臨死都惦記你，你避不了。」

「我從盲公陳和孟婆手上得到秘方，燒了符，化灰入湯，神枱燭壓碎成末，混醬醃排骨，還有這碟，用供神的燒酒和破地獄的磚瓦砰撈成的汁，做了這味扣肉。吃吧！二叔公便靠近不了。沒了留在陽間的理由，便得乖乖投胎去。」老媽把一整碟扣肉放我面前。忽地，我想像一個燈光忽明忽滅的空間，我坐在飯桌前，兩旁分坐的，一個牛頭，一個馬面，正對面的就是久違了的二叔公。

雖然我未至於嚇破了膽，但心緒怎會安寧？親人離世，難免傷心和掛念，老爸口中平淡無奇，卻被我偷看到他在露台乘涼時唏噓的背影，不禁喚醒了我的慈心：我是不是要做

點甚麼？他倆百年歸老時，我得好好孝順他們。

我帶住惶恐不安，跟兩老到殯儀館去。

我不打算在此營造甚麼恐怖氣氛，那些故作神秘的「鬼片」總是渲染靈堂的慘白，故意放大誦經的聲效，特寫堂官那張木訥的臉孔，彷彿看透生死而視之平常，對比那些披麻帶孝的至親，都是一臉落寞與哀愁。此時，別忘記以第一身視覺拍攝，配台淒怨陰森的配樂，咿咿呀呀的暗叫，叮叮鈴鈴的敲鐘，吟吟沉沉的誦經，然後由金銀兩橋開始橫掃，過了紙紮名車和大屋，最後一定特寫臉上畫了桃紅色圓圈的公仔臉，童男童女童養媳甚麼都好，總之人越多越有氣派，統統都掉進化寶的火爐去，再加上大量以億兆計算的金銀財寶，正好寄語：今生沒得用，死後用不盡。

這時候，另一靈堂外，一個穿西裝趕來弔喪的中年男人忽地火山爆發！對住老婦人大喝：「我現在不是來了嗎？我有多忙你知道嗎？我沒時間！沒時間呀！」

「你都沒覆我電話！手機用來幹麼！」老婦該是中年男人的母親。

「我一日覆幾十個電郵，替客戶上網訂這訂那，又要回覆投訴……」

我沒興趣聽他怎麼怎麼的忙，然而那一刻，我好像看見了甚麼！

環顧靈堂四周，我原本想，除了迷信之外，這裏甚麼都沒有。但中年男人的一句半句，竟讓我發現了一個絕佳商機——網上拜祭！

與此同時，老爸和老媽正急步跟了上來，還用力推了我一把，媽道：「走！二叔公來了！道士説，快走！」我回頭望遠，化寶的火爐那邊，好像有一雙紅瞳正自瞪着。

（4）

墨西哥亡靈節是多麼的好玩啊！一連串慶祝活動可以吸引世界各地遊客前來參觀，巡遊狂歡為亡靈搞一場派對，還可以入選聯合國教科文組織的文化遺產之列，玩死人都玩得如此出色，又能夠振興當地旅遊業，振興當地經濟，真叫人羨慕！

奄尖何攤開報紙，讀着那一版「世界之大，無奇不有：墨西哥亡靈節」，剛好叫了的點心送上來，跟他不算熟的茶客老關坐在對面，他比奄尖何的年紀小十歲，思想比較自由開放，個性比較隨和，任何事都看得開，笑得過，發牢騷的時候最多只是嘻笑怒罵一兩句。

「燒賣到喇！你不吃的話，我便不客氣了。」老關起箸，笑道。奄尖何馬上放下報章，拿起筷子，輕敲碗邊兩下，厲聲一喝：「喂！我兒子請我飲茶，關你何事？你搭枱的，懂不懂規矩？」

「我以為你不吃，便幫幫你啦！你知啦！我們一把年紀，難得後生的有心肝，請飲茶！」老關下單的點心也剛好送上來，同樣是燒賣，外加一隻糯米雞和一碟鮮蝦灌湯餃。

「怎樣？」老關見奄尖何盯住自己的糯米雞，便下意識地用手蓋着，怕它被搶去。

奄尖何不解，問：「不是同一個套餐嗎？」

「應該⋯⋯是！我不知道啊！」老關一臉事不關己，自顧自地吃，順便搭多一句：「最近好多下單錯誤，可能漏單了。」

「漏單？服務真差！」奄尖何一股勁地吞下了幾顆燒賣，怒氣沖沖走到街上，恰巧就遇上了茶樓外的一宗交通意外，兩輛寶馬對頭撞個正着，可奇怪的是，一輛完好無缺，且是最新的型號，聞説是「占士邦」的座駕，另一輛是陳舊的寶馬 325i 系，車頭凹陷如殞石墜落的坑，車主爬了出來便厲聲問責：「混賬！你盲的嗎？我兒子送我的車給你撞毀了。」

對方連聲道歉，急忙上前陪罪，還安慰他：「別傷心，叫他再買，叫他再買！」

「買買買，買甚麼？他移民喇！去到老遠，怎叫他回來？」

「不打緊！現在很方便，網上祭祀公司可以代辦。如果

手頭緊，我替你辦！那個來打掃靈位的後生仔有陰陽眼，懂溝通，找他代辦準沒錯！」

奄尖何湊了一會兒熱鬧，便悶哼一聲轉身離開，心中嘮叨着：混賬！最近網上祭祀公司經常漏單。

正當他回到屋苑樓下，竟又被人截下來。

把他截下來的，正是鄰居李嬸。

李嬸劈頭就說：「奄尖何，你兒子在人間下單是否升了級？他給了網祭公司多少錢？」

奄尖何一頭霧水，道：「甚麼？他哪有錢？怎會加錢買服務？」

「沒加錢？如今全層樓只得你和新搬來一年不到的陳生打掃得最乾淨！我們呢？一地沙塵，門面角落的積灰沒抹過，還好意思加我們的子女價，大搞清潔套餐！你和陳生的兒子一定私下買了超級套餐啦！」李嬸的巴辣個性從沒改過，自搬進來之後至今，都是大家姐級數的存在，管理員多多少少都要給她幾分薄面。奄尖何自然呆在當場，根本不知道真相。

而真相是——生意太好，人手不足。

市場上，這類型的生意仍未大行其道，信的人有新派，自然也有老派。老派的遵循傳統，新派的貪圖方便快捷，所以網上祭祀公司開業不久，就能捕捉到「祭祀方便，選擇多元化」的客戶心態，一列列的祭祀套餐任後人選擇，既可單

點，也可選擇各式組合，時間和地點全天候不受限，隨時隨地都可以上網下單，這不是劃時代網購潮流是甚麼？

蔡家安剛中學畢業，升不上大學，原本在商場的台式飲品店打工，沖沖飲料，日賺數百，放工便無所事事回家打機。然而命中注定了，奇遇沒法擋得住，他救了林志光一命！

那天正是林志光去完殯儀館後的第五日。

林志光自殯儀館回家後一直躲在房間，半步都沒離開過書桌，全心全意地寫程式，直到差不多寫完的時候才意識到肚餓，便獨自走到樓下宵夜檔，叫了碗雞粥，那時已經是凌晨一點半，蔡家安跟朋友唱K後，沿路來到宵夜檔附近，不知是因緣而際會，還是因孽緣而糾纏，蔡家安佇足立在對街，盯住林志光。林志光感到不對勁，發現對街有個年青人盯着自己，四目交投，蔡家安竟快步上前，坐在林志光正對面。

「先生！你不認識我的。但我想幫你。」蔡家安的目光一直打量林志光的身後，林志光給他這樣望着登時心裏發毛，立即懷疑自己是不是寫了那個電腦程式之後便惹事上身。

「你看到⋯⋯東西的？」林志光吞了吞口水。

蔡家安自小就有陰陽眼，想見時就可以見到。他盯着林志光身後，喝道：「阿伯，走啦！你不走，我明天找人來趕你走。」

說畢。林志光微微感到背上一寒，好像有些甚麼穿過

自己。「沒事了。想吃碗粥而已。他走了。」蔡家安起來，正準備轉身之際，林志光叫住了他：「師兄！有沒有興趣合作？」

墨西哥亡靈節是多麼的好玩啊！一連串慶祝活動可以吸引世界各地遊客前來參觀，巡遊狂歡為亡靈搞一場派對，還可以入選聯合國教科文組織的文化遺產之列，玩死人都玩得如此出色，又能夠振興當地旅遊業，振興當地經濟，真叫人羨慕！

「下星期是我們的盂蘭節，近來我們要多做點事，嚇一嚇那些不孝子，嚇一嚇那間網上祭祀公司，一定要給我們更好的服務。大家認為怎樣？」李嬸振臂一呼，招攬一眾街坊，奄尖何、老關、陳老先生和邋遢張都在其中，各有取態。

「你會加入他們嗎？」邋遢張問陳老先生。

陳老先生不置可否，輕輕笑了一笑，道：「前幾天，我去了找我女兒，我説三缺一，叫她陪我打牌。」

（5）

的而且確，可能中國人比較內歛，對於迷信的鬼神傳統，一是敬而遠之，一是避而不談，一是依足禮數。問題是：網上祭祀公司禮數不足！

兩個人，承包全港生意——粉嶺和合石、屯門善緣、沙

田寶福山、屯門善果、葵涌善心，真的做不來，少了一隻糯米雞就是少了一隻糯米雞，抹少了積塵就是抹少了積塵，燒少了一個童男就是燒少了一個童男，林志光和蔡家安兩人無從抵賴。

「早叫你多請人手。你賺到這麼多，又是獨市生意，多請兩人就解決了啦！」蔡家安在電話裏頭咆哮！

「這幾天的訂單極多，但請不到 PART TIME，誰像你一樣？又夠膽又有陰陽眼！」林志光繼續辯駁：「我已經出價時薪七十元，都沒人願意來做，一提到工作地點，就馬上跟我還價，至少要我給九十元。尤其是近來，十多宗鬧鬼事件，哪有人像你？」

「九十？九百都要給呀！光是盂蘭節的訂單，我已經做不來。前天在和合石，我見到兩個女人，自己提住自己個頭，走上來問我可否替她們洗頭呀！擺明車馬對着幹，今次犯眾怒啦！」

正當蔡家安拿着電話大發脾氣之際，門外傳來拍門大響：咯咯！咯咯咯咯！咯咯咯咯咯！

他湊近防盜眼一看，一個身形矮小略瘦的老女人流住血淚，盯住防盜眼跟蔡家安對視。「唉！李嬸來了。」

「日光日白都來？」林志光在這方面經驗不足。

「鬼魂無處不在，你放心，另一個好快來找你。」蔡家

安恐嚇着他，然後爽快掛線。

李嬸飄進來，跟後的原來還有她的姊妹和奄尖何。三人安然坐在沙發上一言不發，一副我不會走的姿態。

「你們經營不善，要我們吃苦？我便令你雞犬不寧。」李嬸快人快語得如一柄短刀。

蔡家安看着三位先人，內心是同情他們的，他們只是想死後住得舒服，但他轉念又想，那些洋樓、汽車、飛機、遊艇、隨從、工人、妻妾，以至PS5、滑板、名牌服裝、化妝品、酒樓套餐，生前沒有，死後就必定要有？

已經不是跟鬼魂辯論的時候了。

今年的盂蘭節，百鬼夜行，蔡家安沒理會李嬸，依舊開工，臨走時承諾：我一定替你們清潔得乾乾淨淨，包你滿意。現在就去！

當他走到街上，漫天飄靈，看看腕錶，幸好中午時分陽光猛烈，他得趕在七時前回家，否則天一入黑，這地定變鬼城。

鈴……

「喂！」蔡家安道：「怎樣？有東西來找你嗎？」

林志光沉默數秒，語帶顫慄，道：「我剛才上網，收到十幾個海外客戶的投訴。他們說我們貨不對辨，要求退錢！然後，我媽在廚房煮飯時，明明……明明在剁豬肉，卻……

剁碎了人的耳朵和手指⋯⋯」

「你兩面不是人了。」蔡家安心想。

「那怎麼辦？」

林志光定了定心神，決定大贈送，道：「我跟受影響的客戶道歉了，承諾跟進早前購入的必定補回，還多送一對公仔，加一台BENZ，和一個司機。有客戶要求兩打紅酒，要寫上1982拉菲，你替我記住喇！」

蔡家安應了一聲，爽快道：「訂這麼多，紙紮廠要趕工，一定加錢。」

「加！總之搞定就可。那⋯⋯加多少？」林志光。

「你一向都專注網絡客服，燒衣香燭化寶從來都是我，我跟其中一間相熟，你信得過我的話，我講價都最多講加四成。如何？」

「加四成⋯⋯唉！沒法子喇！加啦加啦！即時存錢給你去辦！」林志光已無選擇餘地。

「沒問題！立即去辦！三日內全化給下面去。」蔡家安得意一笑，又道：「那多請人手呢？」他明白打蛇隨棍上之道。

「唉！都說難請！先擺平這件事，再商量。」

「好！不請人沒問題，那加人工！你賺那麼多。」蔡家安心知現正是討價的最佳時機，續道：「你不加，我不幹。」

「加加加！加夠一小時一百！」

「百五！百五就做！」

「你……好！百五就百五！你幹得好看點。」

三天後的一個晚上。

庵堂的古式庭園，陳老先生坐在石櫈上乘涼，月亮未圓，但他想念遠在英國的子孝和順兒。忽然他想起了古人都愛對月飲酒，便開了一支 1982 拉菲，正待散散酒氣之際，邐邐張慢步飄至，道：獨飲難樂！陳老先生微微一笑，說了句識貨，兩人便舉杯共享。

幾近同一時間，紙紮廠老闆打電話給蔡家安，道：「喂！所有貨都收到了啦！說好加一成的，是時候給我啦！」

武林大會

（1）火雲斷碑

火，亦賜生亦賜死，既送人温熱，也惹來毀滅。

城郊十里外的一條荒廢小村，村中一座破舊老廟，多年前一場大火，連供奉的神壇、神像都葬身熊熊火海。傳聞那一夜，一個渾身冒煙的中年漢子，為了心愛的人被村中惡霸所殺，怒火中燒，不但手刃仇家，還憤然決定把整條村滅掉，連這座廟和為鄰的祠堂都難逃一劫，最後，那中年漢縱火行兇，把一切燒燼淨盡，偏偏，廟後立着的那一塊百年石碑毫不上火，絲毫不損，碑上所刻：火雲祭天，傲氣長存。題字者為祖師林三刀立此。或許那中年男人在那刻才回復半分理

智，看見火舌如獸張牙舞爪，就是抓不爛、咬不破一塊尋常石碑，自然醒起了立碑的人——火雲刀王——林三刀，也是這條林家村的先輩，獨力創立「雲刀門」，揚名大江南北，一手火雲掌刀獨步天下。

「難道是祖師顯靈，不許我火燒此地？」中年漢子心有不服，霍然搶上碑前，冒火的右掌撫着碑上石刻，唸唸有詞，咬牙切齒，突然提氣運勁，掌刀一劈！石碑頓時裂成兩塊，同時，或許火勁過猛，中年漢子亦被狂火反噬，烈焰焚身，瞬間化灰。

這，就是我們林家村村尾古廟遺址的斷碑往事。

大家或者回頭看看，看看今天這裏，這裏被喻為「蜀中第一武鄉」的林家村，是不是已經全然不同了？我們得到政府大力資助，重建昔日輝煌，不過村長説，遺址和斷碑就由它擱在這，知道原因嗎？有誰猜到答案嗎？

導遊喝一口礦泉水，東指西劃地聊着林家村的身世，又提及這地的武術國風如何火熱，周邊的武術學校愈開愈多，曾經出過不世出的英雄人物——威振全國的「峨嵋猴王」趙長天。

「他的一手猴棍靈動敏捷，撲、跌、閃、展與少林棍法的掄、劈、掃、截、撩、打結合，輕巧多變、狠辣精確，直把一支長棍耍得如絕世神兵，想當年，他和江西龍虎山的醉劍王——崔勝雲在全國比賽中不分軒輊，煞是精彩。後來兩

人都出演過不少武俠影視作品。」導遊滔滔不絕，遊客如痴好醉，被這位身穿藍危西裝外套，襟上掛着「國家一級導遊徽章」的中年男子耍得團團亂轉，一時說東邊山林上的遊俠史，一時說上世紀八十年代的現代武術恩怨，一時聊及今天的四川武術隊，一時勾起人人皆想學武的遐思，既走進武林的虛幻，又闖入熱血沸騰的新英雄世代。

「張哥，你也是林家村人，也懂點武術麼？」一群遊客中，總有好事分子，他爽直地問導遊。

導遊做個作揖的手勢，帶一個謙虛的微笑，道：「不懂不懂！皮毛也說不上，丁點而已。」

「就那丁點兒，都頗有本事吧！到底懂那門子的丁點？」好事分子踏前兩步，原來是個身形壯碩的年青人，一雙粗獷的臂膀，各有一條飛龍刺青，厚實的胸肌直如兩塊鋼板，敲起來也能發出噹噹的響聲。導遊經驗豐富，心知眼前的年青人必是要找他麻煩，但轉念又想可能性不大，首先，自己所說的丁點，真的是丁點得可憐，如不起眼的微塵細末，這年青人若是高手，又豈會想借他揚名立威？於是他客氣回應：「不不不！真是丁點而已。就是普通的掌上功夫。」

乍聽「掌上功夫」，遊客們都屏住氣息，靜了下來留神細聽，放任地聯想起一則四川武林傳聞，近幾個月網上流傳的「火雲七刀掌」神乎奇技！年青人拍拍胸口，忽地拱手作揖，鼓一口勁，吐字有力，道：「我叫周博搏，博學的博，

加搏擊的搏，空手道四段、柔道二段、泰拳和西洋拳的國際級教練，聞說林家村乃四川首個學武重鎮，歷史悠久，特來見識，或者挑戰挑戰！」

「果然！他是找麻煩的。」導遊心忖，但帶團有時都要懂得搞搞氣氛，小費多與少，也得看導遊這方面的功力。他道：「我的掌功，是祖傳的，真的懂一點皮毛……」

「是火雲掌嗎？」有其他遊客搶道。

導遊作揖笑道：「是……只不過一招半式，練了許多年都是那一招半式。別跟我挑戰，我沒資格，也怕有辱先祖師門。」

「玩玩吧！」遊客起哄了，有人舉起手機預備拍攝了。

「玩玩吧！張哥，玩玩而已。」群情突然洶湧起來。林家村尾祖廟遺址的前地上，四野無人，遊客們醒目地退後，退成一個大圈，看來，不玩玩不罷休，不玩玩也沒小費收。

年青的周博搏已走到圈中，揮了幾拳又拉拉腰背，磨拳擦掌，笑道：「原本，我是想請教一下，閣下師父的住處，我想拜會他。沒辦法啦！你看，群情洶湧啊！」

「你又懂得我師承？」導遊為勢所迫，只好站到圈中，跟周博搏面對面。

「你的導遊簡介中有寫到呢——林家村、從前是雲刀門的優異生。」又道：「旅遊局安排的導遊必然是地道的，這

地是武林，想必也會聘個武林中人當導遊吧！」

「甚麼？真的這樣寫？」導遊張哥其實明知故問，旅遊局幹的好事可以說不嗎？對於周博搏的挑戰，心中已有盤算，忖道：「來走一兩招便給他 KO 就算，好歹也是討生活。」

「對呀！我是看見你的簡介才報上這個團。」周博搏先禮後兵，拱手作揖，微退半步，擺下拳擊架式，如一台上了彈的坦克，道：「玩玩而已，但我的拳也快的，儘量遷就。」

遊客們已經鼓掌叫好，舉機直播，導遊張哥勉為其難，裝起一副認真應戰的嘴臉，忽又嬉皮笑臉擺個火雲刀的架式，讓遊客好好拍照。「來喇！我可不是跟你說笑的。」周博搏直衝上前，鼓足勁的右拳朝導遊張哥的胸前轟去，既快且勁，張哥本能反應之下，側身、退後，才僅僅避開這一記重擊，豈料第二拳已自腰間殺至，張哥心知避不了，只好硬踫，以攻止攻，旋身提腿側踢，拳腳互撞，張哥登時給震退五步，險些倒在地上，圍觀的人無不興奮叫好，還有人大呼着：「張哥，別讓他了，快使出火雲刀，讓大家見識見識。」

周博搏在八步開外，西洋拳的步法輕靈活躍，結合空手道和泰拳兩家特色的手法，實戰力極高。他嗆道：「張哥，來一招火雲刀吧！」

張哥仍感右腳疼痛，賠笑道：「我就懂一招而已，多年沒練！」

「別婆媽，練武之人，再來！」周博搏開步搶前，張哥

無心戀戰，心想：就一招吧，快點完事便快點上車離開——火雲刀第一式——火龍噬日——手刀一舉，自上而下直劈——吒！

最先接觸張哥的掌刀，是周博搏的左直拳。當掌刀甫抵拳頭，張哥登時一愕：「這廝拳勁全無，怎麼了？」

「哇——！厲害！」周博搏突然怪叫、跪地，扼腕喊痛，兩手顫抖如遭電亟，要打了四個後筋斗才能卸去多餘的刀勁，立馬認輸。眾人見狀，無不嘖嘖稱奇，難以接受，正當大家半信半疑之際，周博搏心悅誠服地跟張哥作揖，還跟周邊的團友展示自己紅腫的手掌：「真的很痛，你們看，赤紅色的是不是？跟你們説，我此刻仍感到手掌被張哥運勁的餘火慢燒着。厲害啊！火雲刀掌絕不簡單。」

團友們相信了，張哥愣住了，一時間被眾人熱情對待實在吃不消，又蹭拳又擊掌，又擺刀掌架式合照，又被直播訪問，霎時間手足無措起來。

而最重要的是，打從他心底裏就知道——

周博搏根本沒受傷，一切都是他在自編自導自演。

兩個月後，距離林家村三公里的一所武館收生滿額，館主林嘯山自稱是雲刀門第十代傳人，而早前被網絡瘋傳的導遊張哥，繼續當導遊，繼續跟團友比武，小費的確賺多了不少。一天，林嘯山接了一通電話，打電話的人正是周博搏。「喂！林兄，點擊率破二十萬了，該怎樣謝我？」

「放心！說好的奔馳，一定送到你家門前。」林嘯山必恭必敬。

（2）說英雄，誰是英雄

逢禮拜天，佛山精武會館旁的得勝茶樓總是武林中人的聚腳地，各門派的師父領着其入室弟子，各據一隅，開茶，自然是雨前龍井，再叫點心十數款，遇見友好行家，打招呼，互相抬舉一番才合乎傳統的禮數，方為真正的名門大宗師。

「無華堂」掌門葉廣是詠春宗師葉問一脈的後人，單計本地，門生八百，當中來自國外的或東南亞的學生更是全市最多，許多人都慕二人之名而來，一是葉問，另一是李小龍。然而，過去已成褪色菲林，今天的「無華堂」掌門有不少鮮為人知的英雄事跡，更為本地人津津樂道，每次一到得勝樓，凡認識葉廣師父的，都必跟他聊起三十年前單槍匹馬營救馬坑村的威風往事。

「想當年，馬坑村被一幫北方來的賊匪洗劫，當年村警和城警均無計可施，凡入村抓人的都橫屍而出，聞說這幫賊匪都是當過兵的，更是習武之人。豈料一個晚上，葉師父帶一雙短刀獨闖虎穴，那一夜，詠春八斬刀之威此後無人不曉，一眾賊匪，既斷手，亦斷腳，連串痛苦的嚎叫徹夜長號，一直殺至清晨，葉師父拉住賊匪們的首領坎出村口，跪地求饒。」得勝樓的老闆逢人都說的故事，漸漸成為這地的必聽

掌故之一。

「好說了，當年只是一時氣盛，連一個死字都忘了怎樣寫，最後幸運而已。」葉師父總是行拱手禮，謙虛回應。但身旁的徒弟們總是一臉傲氣，以師父之名而自豪。

此時，「四海門」的八卦掌宗師張遠初也步上茶樓，打個照面，兩位大師父馬上拱手招呼，少不免又恭維一番，葉廣命徒弟擺好茶位，洗好杯碗，斟好熱茶，邀請張師父坐下。「張師父少到得勝樓，今天難得一遇，別跟我爭，我請！」

張遠初向身後的徒弟示意，坐在後方的小圓桌，跟「無華堂」的弟子對坐，再跟葉師父道：「詠春無華，佛山之光，葉兄你連出三個省級的散打冠軍，在下實在拜服。」

「我的算甚麼光？三個散打冠軍，都不及你一個人連攬五屆散打金牌。說實話，八卦掌的實戰力挺高呢！改天真的要跟你交流一下。」葉廣替張遠初斟茶。

張遠初輕叩枱面三下，打趣道：「葉兄，言下之意，是來踢我的館？下戰書嗎？」

葉廣登時拱手作揖，賠笑：「豈敢！豈敢！貴派乃國家之光，想當年貴派先輩趙文彥，於民初時期，路經偽滿州國豁下的柔道館，大發神威，一手八卦摔法，把十幾個日本柔道高手一一打倒，那才是真真正正的民族威風史。所以呢……我哪敢跟你下甚麼戰書？」

不一會，七星螳螂拳的掌門人郭正強也領着弟子上茶樓來了，但他一向獨來獨往，還自恃師承少林正宗——靜慧法師的「禪螳螂」，總有點瞧不起人的氣勢。當葉、張兩位師父見郭正強經過，都有禮地點個頭，卻未曾熱切攀談。聞說，年僅四十的郭正強在十二年前，曾在全國比武大會的決賽上，只用 35 秒，便把廣東洪拳代表梁七打到屁滾尿流，最後一式的禪螳螂未使出便勇奪總冠軍。

郭正強帶的弟子最少，就三、四個入室的得意門生，老闆照例上前招呼，唯唯諾諾的，上等的鐵觀音是郭師父的最愛，乾炒牛河和雞油炒菜苗是必吃的。「知道了！已吩咐廚房製作！幾位弟子喜歡甚麼嗎？」老闆除了是這茶樓的「武林字典」（熟知這地的一切武林軼事）外，就是茶樓的和事佬。此話何解？想像一下，門派多，是非多，爭執一起，茶樓當殃，若沒有一定的外交手腕，這座得勝樓早就塌了。而且，有趣的是，黑幫從不來這收保護費，誰敢？八卦掌、詠春、螳螂、虎鶴雙形拳、醉拳、太極……真的任君選擇！

「隨便一些小炒可以了。」郭正強一邊道，一邊朝茶樓左前方的一角方桌看去。那一角方桌上是一對男女，三十歲上下年紀，都是鋼條身形，膚色較白，不像南方人。其實，這一對男女一直都在，葉廣師父、張遠初師父都一早看到。而練武之人常自帶氣場，高手行家即使尋常路過，亦能感受到對方，是善是惡，是尋事挑釁，還是以禮往還。

老闆見郭師父的眼神，危機意識頓時啟動，覺察有異，

便急忙向他解釋：「那兩位是山西來的。太原人，是閃電鞭神游標的兩大弟子。沒惡意的！只是來旅遊。」

「就是近來網絡極紅的閃電鞭神？」郭正強冷哼一句：「真想會一會他。」

突然，樓下傳來一陣吵嚷！乍聽是兩三張飯桌上的碗碗碟碟齊聲碎裂，牽起下層的一陣小騷亂，是誰生事？老闆沒有太大的反應，彷彿一早習慣了，幾位坐在樓上的師父也習慣了，心下了然，會心微笑。張遠初師父笑道：「真英雄來了！一大清早就醉成這樣子。」

「醉拳王高聲揚，真是人如其名，登場永遠喝醉，最搶眼！又最麻煩！」郭正強冷哼着。老闆無奈搖頭，道：「他會賠錢的。就由他吧！況且，他老爸跟我是世交。想當年，也是他老爸救了我父親一命，救了得勝樓一命。」

「真的假的？」郭正強半信半疑，邀請老闆坐下來，聽他開始講那一段往事……

醉拳已是失傳的真功夫，道上的人僅是聽聞而從未見真，所謂的醉拳，已多數流於武術表演或網上視頻的短片，都是花拳繡腿。到底有多少人真正見識過威力無窮的醉八仙？電視和電影都是拍出來的，是武打明星擔演，票房大賣，卻又賣得出幾多真材實學？

「想當年，當今醉拳王高聲揚的太祖父高尚哲——乃清末丐幫長老洪四海的嫡系傳人，也是以內家氣功推動醉拳的

始創者，由他親傳至民初時期的兒子高長勝，那時代啊！正是國家紛亂時局，列強入侵，高長勝可是民團教頭，與大俠霍元甲素有交情，至於其子高常義，就是我爸的救命恩人。」老闆娓娓道來，郭正強聽得着迷入神，就連手機來電也懶得接聽，由它駁去留言信箱。同時，附近的葉、張兩位師父和門生也不自覺趨近上前，搬椅拼桌，圍爐細聽上一代的武林故事。

上世紀五十年代，得勝樓未建之前，僅是一地面小鋪，老闆姓常，湖南長沙人，南下佛山五年，一手正宗湖南菜頗受街坊歡迎，後與友人合資，擇地而建，先挖地引水建小湖和曲橋，再立湖心小亭曰「得心亭」，寄意源於北宋歐陽修《醉翁亭記》一句「得之心而寓之酒也」。往後再建成如今模樣——兩層高的小樓，四間貴賓廳，樓下招呼尋常街坊，樓上接待高檔人仕，三年後更添一層新翼大禮堂，名曰「不醉」，寄意不醉無歸的喜宴筵席。而事故就在此地發生。當年上海斧頭幫雖已沒落，但絕非消聲匿跡，有些市井無賴自恃餘威，來到這地方，打算東山再起，的確，他們夠兇夠惡，很快便立起一枝新旗，以辦煙酒生意為根據，錢賺得多，人儲得夠，勢力頗大。一日，他們的老大在我們的「不醉」設宴，廣邀四海好漢會此，場面盛大，還邀得蘇杭、山東、浙江等地的武林人士出席，人人都是有生意來往的大哥，也是以武揚名的師父，席間，高聲揚的父親高常義既在其中，也為本地武術界的代表。

大家都知道，武師匯聚，就是武林大會，既然如此，講手切磋是必然的了。老實說，我非練武人才，無謂獻醜，但我老爸也有一手八極拳，雖不甚厲害，但尋常兩三個人也是對付得了的。怎料那一晚，斧頭幫大佬喝醉了，竟跟我老爸說要比武，我爸退讓推辭，他便硬來，說我老爸瞧不起他，更瞧不起他幫派中的打手。霎時間，一百根斧頭就擺上枱了，要麼就比試，要麼就把整座得勝樓劈爛。我爸便勉強跟幾個幫派混混過招，他原本打算敷衍一下，但對方竟然毫不留手，結果……我爸把對方一一打倒，換來席上眾位武術宗師的激節鼓掌。那刻，慘了，斧頭幫老大的面子放哪好呢？就放在他那根精鋼製的斧頭上吧！後來我聽父親形容，那一晚，來自五湖四海的老師父們，見勢色不對，便立即一邊恭維地說有事先退，一邊領着弟子自後門而出。真媽的混帳！枉他們是練武之人。

　　那真是一個九死一生的晚上。我爸獨力面對一百個手執鐵斧的惡漢，已經跪地求饒了，不過面對既醉且瘋的癲狗，求饒於事無補。這時候，有人半醉地在地上爬起來，那人就是醉拳王高常義。別看他醉眼紛花，實際頭腦清醒，一眼關七，形醉意醉神不醉，他一手捲起筵席桌布以作防護，另一手執起三根筷子夾在指縫之間，大喝一聲：『別欺負老闆，有本事來找我。我保證你大開眼界。』」

　　「真的是醉八仙嗎？」葉師父問。

　　「無人見過！」老闆道：「當年那一群見事即避的師父

走得一乾二淨。」

郭師父滿腦疑惑，道：「就算那幫武林懦夫走光了，留下來的斧頭幫眾也該見識到吧！」

「事後，他們一定有流傳下來的。」張師父道。

「沒有。」老闆續說：「那一夜，斧頭幫給滅了。」

醉八仙的步法奇詭莫測，高常義出手快、狠、準、勁，三根筷子在手上就是三柄短劍，每一個中招的人，不是胸就是頸，都是三個洞，血流不止，手上斧頭未舉，猝不及防已然中招，就算舉斧之際，所劈得下來的，都只劈中自己人罷了。我爸說，整個過程約十分鐘，一百個，一百個斧頭幫大漢倒地不起。

「有沒有這麼厲害？怎會有人不逃不避？」張師父把大家半信半疑的問題提出來。

老闆不以為然，因為這個問題，他少年時候都親口問過父親。老闆聳聳肩，半晌之後才道：「爸是這麼說的，當時中招的人根本不覺自己着了道兒，所有人都以為撲上前去就一定制得住高常義，怎料當一切停下來的時候，才知道原來是自己的死期。那種力，那種勁，那種醉意，不單在發招人的身上，受害者也如喝醉了後的醉眼，昏昏迷迷，死得不知就裏。」

「太神了吧！」郭師父拍案道：「我不信！」

「想不到幾十年前也有這些江湖吹牛之說。好像現在網絡視頻欺神騙鬼的氣功武術短片，騙人的。」葉師父附和冷笑。

老闆沒作聲，不發作，不敢反駁，雖然是他親父的經歷，但自己從未見過高常義，未見識過醉八仙，只見識過樓下那個常醉的高聲揚，亦從沒見過他打得出威力無窮的醉八仙來。也難怪，醉拳在佛山，別說拳館，連一個小會址也沒有。他道：「這是我老爸的經歷，大家別當真，當聽聽故事好了。」

「誰說是故事？」眾人只顧圍坐聽故事，渾不覺一個半帶醉步的男人已走上樓來高聲大喊，此人正是醉拳王高聲揚！

正當眾人回頭一看，坐在角落的閃電鞭神大弟子已經霍然站起，跟高聲揚正面對峙！

恰巧，一切都是恰巧！今早的得勝樓，三大門派宗師想着彼此當年往事，聽着當年種種情仇恩怨，就遇上真的醉八仙對戰閃電鞭。

恰巧，得勝樓正門前，一輛幻彩藍色的奔馳跑車停泊着，車中人正是被火雲刀「大敗」的周搏搏。他當然不知道今日的得勝樓內，正蘊釀一場江湖風雨，他只知道，跟他聯絡洽商的客戶，也身處得勝樓內。

「混蛋！聾了嗎？肯接電話沒有？」周搏搏一邊滑手機一邊發牢騷。

3）混戰群英

想起日本侵華時期，上海的日本租界曾有一段時間風聲鶴唳，連續一個月，每日都有一至三個日軍將領被刺殺。這段不為人知、沒有官方記載的歷史，只有少數人知道。當時知情的人都說日本皇軍遇上了神秘高手，被殺個措手不及。該高手使用的，好像只有武俠小說才會出現的絕世武功——以氣御刀。

山西太原天喜鎮的黃龍尾村，曾有過不世出的武林傳奇——閃電鞭神。所謂的鞭，只是虛浮之包裝，實質是刀，無形的氣刀，發功一刻，刀鋒長而有勁，像鞭，才給改了一個頗有威勢的名稱，喚作閃電鞭。那麼跟日本皇軍遇刺一事有何關連？

被刺的皇軍，背上都有一道長約十五吋的鞭痕，入肉入骨入肺腑，一鞭致命！這死狀正正就跟閃電鞭的招式極似。而且當年，跟那神秘高手打過交道的都聽得出，那是一腔山西口音。當然，何鄉何地不重要，最重要的是，直至今時今日都有人提問：為何只殺了一個月便停止？日本鬼子遭此大劫，理應乘勝追擊呢！

終於，這謎題有解答了，原來閃電鞭的極致，是傷及己身的，以氣御刀的同時，也會耗盡內力，故凡練此功者不過四十。有傳聞就說，那神秘高手正正知道四十大限將至，便用盡一個月的餘生為國出力。至今無人知道他姓甚名誰，葬

在何鄉？而閃電鞭就如同火雲掌一樣成了上古神技，難有傳人。

不過今天的得勝樓正好有兩個！他倆正跟醉拳王高聲揚踫個正着。看上去似是早有瓜葛，相約在此一會。

「唔！看來高聲揚不是真醉呢！」老闆看在眼裏，似乎洞悉了眼下情況。幾位師父和他們的徒弟都點頭贊同，靜心觀察，好像期待大戲上演。郭師父向來跟葉、張兩位師父沒甚交情，此刻竟然一見如故得彼此唱和。

郭道：「我也想看看那幾條閃電鞭到底勁到哪種程度。」

張道：「網絡視頻的不能盡信。一雙手耍幾式劍花就說自己懂獨孤九劍，後期特效來的啦！」

葉道：「我看都是吹牛。哪及得上我們三家的正宗、實際。」

郭道：「那倒說得對。想當年我們的先師都是真英雄真豪杰，幹的都是武者的大事。」

「是武者的真本色！」葉道。

「瞧瞧吧！高聲揚是真懂醉拳的，但是否像老闆所說那種神一樣的存在，就真的引人遐想喇！醉八仙……哼！」張道。

「以氣御刀、化勁成鞭也有夠誇張啦！譁眾取寵，收弟子的宣傳技倆，正一江湖騙子，貪圖點擊率，不長久的。」

郭道。

葉道：「聞説點擊率也有錢收的，又有甚麼網絡禮物之類，愈多點讚愈有打賞，拍幾條短片就有錢了。」又道：「那個四川的雲刀門，靠的就是這樣收徒弟，收點擊，賺得不少，人人皆説火雲刀是失傳絕學，真正的以氣御刀！」

郭道：「媽的你不是真信是吧！有種叫他來跟我過招，我的七星螳螂有國家認證，每年各省市的螳螂拳館辦的武術比賽，有圖有影像有真相，我的七星螳螂手和崩拳打遍七大省，十年前已是全國一級宗師，火雲刀？閃電鞭？未跟我試手就別説真功夫。」

張遠初師父見郭正強師父説來咬牙切齒，立時跟葉廣師父打個眼色，兩人之間同一想法：「借勢吹噓自己，好！就看你有多厲害！」

張遠初借勢就上，慫恿道：「郭師父説得對！我小時候聽家師説，貴派師承正宗，乃明末清初的山東反清義士王郎所創，幾番流傳於山東一帶，傳至海陽縣閃電手李之剪，又名李快手，及後……我也説不上來，總之就遠源流長。」

葉廣接住上，道：「郭師父，眼前的就是醉拳王和閃電鞭，看來是你的真功夫、硬實力震一震他們的時候了。」

説話同時，三人身後的一眾門徒紛紛望向郭正強，期待他首肯出手。但眼前的醉拳王高聲揚人如其名，先聲奪人，對着兩個閃電鞭神大弟子破口大罵：「你倆南來佛山，就是

要找我麻煩嗎？」又道：「好呀！網上聊得興起，忍不住當面對質，沒問題，你敢約，我敢來！老子現在就活生生在你眼前，怎麼着？」說罷，翻手一拍，身旁的一張木枱登時四分五裂：「來，我給你看正宗的醉八仙！」

兩個閃電鞭神大弟子，一高一矮，高的是個男生，叫連昭望，曾是山西武術網絡頻道的主持人；矮的是個小胖身形的女生，叫夏三妹，太原武術學校女教頭，經常在武學頻道發表閃電鞭的示範。

她並未被那張破桌子嚇怕，反而冷冷一笑：「微末功夫，敢在本派面前亂說話？」

說罷，她拎出手機，滑了兩下視屏，展示一條短片，短片中正是她本人使用閃電鞭，一鞭劈裂了一棵老榕樹。而她身旁的連昭望更上前半步，擋在她身前，道：「你在我們的網絡平台上留言詆譭，說我們師父的短片造假，三番四次在留言區胡說八道，乘機宣傳你的醉拳，混你的賬，你沒錢宣傳便來我們的留言區搞事？請你馬上拍一條視頻道歉，我會全國直播。」

「啊！真相大白了。原來如此！兩幫人，各自呃神騙鬼，哈……如果我現在出手，不但有失身分，更會被行家取笑！」郭正強似乎找到了下台階。

但葉、張兩位師父豈是省油的燈？「郭師父！這些人借中國武術之名胡來混去，你一出手，剛好以正視聽！是為我

們武術界嚴正教訓這些假武者呢！我和葉師父一定撐你。」張遠初直把郭正強捧上武林高塔。葉廣立馬躬身成梯，道：「實話實說，相較之下，在下的詠春怎比得上郭師父的七星螳螂？對付面前那三個只懂『嘴炮戰』和『騷視頻』的假武者，真的，郭師父，非你莫屬。」

　　郭正強看來已是騎虎難下，被葉、張兩位師父左右夾擊，確實氣得緊握拳頭，礙於面子又不能隨便發作。幸好，在他們當中最識趣的還是得勝樓的老闆。他觀人於微的本事比起在場的武林高手都要精準，他，才是道行最高的老江湖。老闆道：「我看不如這樣，在我得勝樓講手過招始終不是好地方！郭師父功夫高是人所皆知的，聞說七星螳螂拳的最高境界，也像火雲刀和閃電鞭般，螳螂崩拳精神氣合一，拳風如雷，足以震裂金石，我……我真怕郭師父在我得勝樓施展開來，那可不得了呢！不如這樣吧！我做個主，做個代表，做個贊助，正正式式擇個好日，辦個正式的比武，幾位意下如何？屆時邀請四川火雲刀、山西閃電鞭，再加個醉八仙，一於武林大會會佛山，有意思吧！」

　　聽得老闆所言，葉、張兩位師父頓時識趣，點頭贊成。郭正強師父更是熱切鼓掌叫好！然而在那不遠處的高聲揚和連、夏兩人仍在吵嘴，高聲揚技癢，真的耍起醉拳來，還邊耍邊道：「我派傳世的乃黑虎門和洪佛派的真醉拳。計有：大醉、醉蛇和醉八仙。你倆個外省人定沒聽過『廣東十虎』吧！哼！廣東十首之首——蘇燦正是醉拳宗師。我家伯爺就

是蘇燦後人……」

「噫！是誰？誰在我後頂着！」或許高聲揚太忘我，耍拳耍到樓梯間，醉步差半，便險些錯腳跌倒。

恰巧！一隻強而有力的右掌自其背後托住！此人正是周博搏！

他在跑車裏等了十五分鐘，打了四、五通電話都無人接聽，故只好下車、上來，哪料到得茶樓的樓上，正陷進群雄混戰的境地。但他沒在意，還高聲大喊：「請問你們，誰是郭正強、郭師父嗎？我等了很久，打了數次電話都沒人接……」

德古拉的伯爵茶

（1）欲望本身

　　我是被世人的欲望餵養成形的。我知道，很多人都知道。那個名叫 BRAM STOKER（伯蘭·史杜克）的愛爾蘭傢伙，憑他的一枝筆，令我一夜成名，名流青史。但他把我塑造成一個嗜血兇殘，專獵妙齡少女，復仇心重，甘願跟撒旦作靈魂交易的人間惡魔。後來，以至後後後來的世人們，拜讀他這部經典的歌德式小說，即等如以人間一切慾欲投映到我身上，於是讀我即餵活我，使我愈來愈嗜血，愈來愈想得到權力，愈來愈想讓更多人跟我一樣，也想更多人向我下跪，向我膜拜。

於是，我的真身逐漸因讀我的人成形，愈多人讀我，我的力量愈大。當書裏的文字和符號不停地堆疊拼湊，從腳開始，由幾組文字黏合成了腳掌，慢慢黏、慢慢疊上去成了小腿，繼而膝蓋和大腿、腰、股、腹、胸、肩、頸、背、頭、臉，最後延伸成了臂膀、手掌和生殖器官。我臉上的眼耳口鼻是標點符號的組合，牙齒和吸血的獠牙用了不少感嘆號和句號，為給我了結生命的人精心構思，生命多麼無奈啊遇上了我，生命多麼短促地寫上句點，而我現真身時的額上尖角則用了問號，生而為人或寫生成魔，到底為何？説到底，作者的文字是為我着想的，它們給我千古經典的造型：一襲黑色斗蓬和黑色禮服；給我無可抵擋的能力：化身成蝙蝠和野狼，可操控思想、誘惑人心；給我一條怕光、怕十字架，卻又因吸血而得到永在的生命。

　　還有，讓我擁有一段浪漫淒美、肝腸寸斷的愛情故事。

　　「現實是現實，是殘酷的現實。哪有這許多天荒地老的長廂廝守？哪有這許多海枯石爛的山盟海誓？更別説種種超越生死、逾越道德的奇情愛戀。所以，誰憑借超乎現實的幻想慰藉無止境的寂寞？誰把所有欲望寄託於文字的幻象？我不過是懂創作的人，我也借文字創作換來歡愉，換來名利。所以我多謝你，德古拉伯爵，來吧！你第一口吸的血，合該是我奉獻的頸項，讓我當你書中的奴隸吧！」BRAM STOKER 親吻他手上的書稿，看着我，深情剖白。

　　那一夜，在他的書房裏，幽微的煤油燈光僅僅照亮書枱

的一方，他倚在書桌旁凝視暗暗的牆角，我安靜的立着那裏，他只能看見我一雙血紅色的妖瞳。

我沒回應，心想：「刺穿王——弗拉德三世——我的原型，如果你在，你會幹掉這傢伙嗎？我對人世的認知都來自他嘔心瀝血的文字，他愛上自己的作品，愛上了我，乃基於我為他帶來了名利。他的欲望本身，是我。我的欲望本身，是許多活在殘酷現實中貪圖幻想的讀者。還是算了吧！如果甫一出版便離奇被咬至死，是否太便宜了他？令他添那麼多傳奇色彩幹麼？死後留芳，讓他完成終極的欲望，不如留他一命，欲望愈難得到，才會愈想念我。」

我一步一步朝他走去，窗外的月光照見我一張蒼白尖削的臉龐，他仰頸迎合，我卻收起了噬人的尖齒，一言不發，湊近臉去，呼吸他的鼻息，取去他呼出來的欲念，然後對他笑了笑，噗一聲！化成一隻黑蝠，奪窗而出，向如勾的新月飛去，向森森的密林飛去，向羅馬尼亞的布蘭城堡飛去。書中説，這座 12 世紀的城堡就是我——德古拉的城堡。

往後，許多世代交接，許多分合離亂，再經歷許多歷史考證，證實羅馬尼亞的特蘭西凡尼亞，跟我這個傳奇吸血鬼並無連繫，可是書紅了，人火了，是借殼賺錢、慰藉遊客，借傳奇振經濟的好路數，我當然沒問題，還不時幫忙在城堡留下鬼影腳蹤，讓愛好探奇的人餵活我，讓我的存在製造名利色權的引力牆。日月如梭，潮流易變，但多瑙河依然是小約翰·施特勞斯的藍色多瑙河，我活着依然是

BRAM STOKER 筆下的「世界最受歡迎鬼怪之首」，而且事實證明，我存在於人類的貪欲本質，現實求不得，求諸幻想，所以在小說之外，還有許多的改篇電影，讓他們探進自己深不見底的癡妄深淵。

我和流經匈牙利、奧地利、羅馬尼亞、保加利亞、斯洛伐克等國家的多瑙河一樣，已經全球化了。在穿梭世界各地的翻譯、改篇和胡亂改篇之後，我便常出現於極短篇、短篇、中篇和長篇的小說中，有些是寂寂無名的學生，有些是薄有名氣想借我過橋博取成名的作家，不過後來，電影、電視和動漫的官能刺激勝過富有幻想力的文字，人們的幻想直接向視聽官能索取滿足，已不再依賴文字的具體描述和細緻修飾提供的美麗想像。再後來，近十年左右，我只是一個角色，不但不是主角（只是要角，要角和主角有層次分別），還要跟狼人或科學怪人合演恩怨情仇的荷里活「爆谷B級電影」。講真！我多想現出真身，撲向導演和編劇，給他們一人咬一口。

「看開一點吧！我們是他們創造出來的，他們才是主人。」瑪麗·雪萊筆下所創造的科學怪人給我倒了一杯頗香濃的紅茶，加一點玫瑰花磨粉混成的沙糖，還遞上「科學怪人形狀」的曲奇餅，有朱古力味果仁，也有和風的綠茶紅豆。

「你一出生，根本是要認主人的怪胎，所以奴性極重，對不？」我一直不滿科學怪人，總是那麼渴望得到人類認同，總渴望得到愛，經常逆來順受。

科學怪人其實不應該露齒笑的，偏偏他給我這樣一個怪笑容，道：「我覺得挺好的。我和你都算像樣了，你看狼人，他們把他當成瘋狗，你有一座城堡，我也有一間實驗室，狼人呢？鋪滿禾稈的囚室而已，而且出身低賤，被安排在月圓變身，變成一頭癲狼四出亂咬，你呀！你每一齣戲，編劇都安排美女給你咬，還不滿足！我呢！連 KING KONG 都有美女可以戀上，我連野獸都不如。」

唉！算吧！我見這個七尺怪胎可憐如此，便給他安慰一下，拿了一塊綠茶紅豆曲奇，道：「別沮喪喇！你看！你的科學怪人曲奇多趣緻？咦！味道還不錯喲！早晚會推出全球限量的科學怪人曲奇餅呢！」

豈料，科學怪人厲我一眼，冷哼着，道：「別揶揄我了。我那像你般高貴？伯爵茶，羅馬尼亞獨有的德古拉皇族炒茶古方，呷一口暖身之餘，還有穿越中古世紀的老城味道。」

「甚麼？我已淪為民間的商品？」我知自己的反應頗大，大大的不滿。

（其實都這麼多年了，我知，我見過，有玩具、精品、文具、裝飾，但都是重塑我可愛有趣的形象，而且沒有以我之名亂作一通，我最討厭如此。）

而我明明是文學作品呀！

我明明是經典中的經典，是開先河的恐怖奇幻經典！

我明明是世人都會拜讀的文學作品，是大眾口耳相傳的故事！

我明明……我明明……

科學怪人似乎習慣了，拍拍我肩頭後，冷靜地轉身到放道具的鐵櫃去，打開櫃門，拿出一個紫紅色方形盒子，上面有曼陀羅花的紋飾，印着「德古拉玫瑰伯爵茶」，還有激凸壓印的「DRACULA」英文字樣。

「賣得頗貴的。植入式廣告在電影情節中是大趨勢呢！你是高雅的紳士象徵。我賣可愛形象，曲奇餅頗入屋，狼人最慘，你看——」科學怪人指向片場門口，一頭純種德國狼狗的頸上正套住「狼人牌真皮頸圈」。

我無奈苦笑，忖：「都好！純種德狼好貴。」

（2）商機本身

如果有讀到上一節的讀者，大概感受得到我的情感起伏，最初我頗自豪於 BRAM STOKER 創造，享受世人追慕我的神秘傳奇。可是當我知道自己由文學作品變成純粹的民間商品，還要穿鑿附會、捏造謊言，訛稱「德古拉製」，無論如何，這口氣是難以嚥下的。

關於真偽，世人何時會辦得清？

就是自身利益受損時，便馬上搶佔道德高地去，大罵他

人欺神騙鬼，自己是永恆的受害者，製造和販賣假貨的，絕對是欺世盜名之徒。

何止？即便賣的貨真價實，只要客人用後不妥，或純粹主觀不喜歡，或顧客服務欠佳，統統都可被批鬥，說成是騙人的假貨。這時，偽品和仿製品便從旁搶閘而出，樹立旗幟，高聲自稱「我才是真品」。唉！我存活了許多世紀了，人沒變過，一切的真變假，假成真，演至今天的大數據網絡時代，誰掌握話語權，誰便是真！

「沒所謂啊！這都是人性欲望使然，根據書中塑造的性格，我作為魔鬼，理應推波助瀾，給欲望橫流的社會更多欲望。」我想。

但我轉念又想：「那是作者賦予我的形象，可我早已脫勾自立，抽身察看世情，純粹享受『我是經典』的優越感（畢竟優越也是欲望），別人的真偽我懶理（自私是魔性），而人類的自私比我更厲害，我只是個體的自私，人類卻可以無時無刻地集體自私，根本不用我來引誘，不用我來推動。但！這一次太過份了，真的真的太過份了，拿我來做商品，算！我可接受。以我之名來做偽品？我會以尖牙侍候。」

最初，我想吸血時，會挑俊男美女，不留種，吸乾血後咬斷大動脈，令他不會變僵屍。書中所寫，我愛上了女主角之餘，還把她的好友變成了我的吸血鬼新娘，但現實中，我不怕寂寞，我擁抱寂寞，需要時才出動，一咬斷情，一時之

慾而已，何必貪歡太久？後來，我看得更開，不再選漂亮俊美，反而選些遺害人間的，二次大戰後期，德軍有好幾個軍營離奇出現瘟疫，其實都是為免製造恐慌的虛報，真正原因，是我。至於希特拉之死？讓世人自以為是他們的勝利吧！

偉大？我非偉大！只是炮火炒耳。看見他們的劣行，我冷漠如冬夜的黑森林。

但當看見他們以魔鬼之名向無辜者施暴，我便心頭火起，明明是出於你們自己的意志，卻硬扣我帽子。後來有些關於二戰的電影，當中的情節更離譜，說甚麼：GOD IS NOT HERE TODAY！I AM EVIL！先弄清楚，別把自稱 EVIL 的你，跟我相提並論。

重申多一次，我討厭以我之名欺騙世人，只接受借我形象真真切切地營商賺錢。舉個例子，我見過許多關於我的玩具、精品、裝飾、時裝及文具，雖然不想，但文學作品的熱潮帶動周邊商品的熱潮似乎是潮流大勢，於我也不壞，世人對我的印象，對作品的詮釋與再創造，都新注了他們的意念，讓我看見不一樣的自己。請注意，我重申，是對作品（即原著）的詮釋和再創造，至少都要有讀過《DRACULA》吧！

懂嗎？世人賺到錢之餘，也要給我新鮮的歡愉。

但「德古拉伯爵茶」，由始至終自以為是，根本沒甚麼德古拉皇族，根本沒甚麼種茶和炒茶配方，根本，與我無關。

一切都是假的，我是絕對的受害人，他們借我過橋賺大

錢，還畫了一幅我的畫像，正在用十八世紀維多利亞時代的瓷杯輕嚐「德古拉的伯爵紅茶」。

創辦人必死無疑，我已抵達他位於巴黎的總公司，在接待處登記，道：「我約了你們的總裁艾雲・哥連斯先生。」

時值黃昏，接待處的一位棕紅色長髮美女看着我，旋即受我控制，她順從、可人，夕陽的光線自窗外洩進來，打在她背後，更顯出一種獨特的逆光美，可惜，如今的我沒閒情。

「哥連斯先生剛開完股東會議，他有十五分鐘的空檔，可以見你。」她指着升降機，道：「你坐這部，直上天台四十六樓，全層都是他的私人辦公室。」

「謝謝。再見。」我乘坐總裁專用的升降機直上四十六樓。

門一開，便是整座大樓的天台，這座天台建造了一幅偌大的鋼化玻璃天幕，一邊透光，另一邊擋光。透光的一邊是一個中式庭園，古典的拱門和廻廊，中庭的四邊種了大黃菊，正中一個人工水池，池裏有十數株白裏透紅和紅裏透紫的蓮，池的中央還擺放了一件六尺高的紅色珊瑚石格外搶眼，跟白色小石鋪砌的地面紅白映襯，一派儒雅風範。我經過廻廊，灰石牆壁掛滿書法和水墨畫，但有趣的是，每一幅的左下角，都有一個公司商標的水印。

經過庭園，來到不透光的辦公室部分，三邊落地的反光玻璃窗，窗框用上黑鋼，鑲上照明小射燈。在八尺長的辦公

枱上，左右各有一台三十二吋電腦視屏，旁邊是一杯飲了一半的紅酒，那麼人呢？

人，在前廳，接見客人的地方，三面擺放四座位豪華真皮沙發，中央是一個老榕樹根製成的舊式茶几，他正在泡茶。

我終於見到這混蛋了！他個子矮，站起來僅僅到我胸口，而且，他竟然不是法國人，更不是任何歐洲地方的人。

他是亞洲人。

我不熟悉亞洲，不懂他是哪一國人。不過單憑這裏的設計裝潢，我猜他是華人。「你就是艾雲・哥連斯？」我仔細打量他。

一身寶藍色西裝，袖邊和衣襟縫上了醒目的金線，裏面是一件白色圓領 T- 恤，搭配吊腳褲、黑襪子和咖啡色漆皮皮鞋，看上去四十多歲，年青有為，做事有目光有見地，相貌一般，勝在穿搭時尚。他看看自己的打扮，狀甚滿意，也看着我，一臉驚喜。

「他完全不怕我！」我忖。

他攤開兩手，高興地笑道：「歡迎。樓下接待處的同事跟我說，有一位德古拉先生想見我。我想，怎麼可能？我推出德古拉伯爵茶，德古拉本尊要來見我？老實說，一般人我是不接見的。但我一聽見『德古拉伯爵』，哈……沒問題沒問題，你成功勾起我的好奇心，我給你十五分鐘。講！想要

甚麼？不是來跟我投訴伯爵茶不夠好飲吧！也別跟我要優惠呀！」

「你完全不把我放眼內，以為我是馬戲班的小丑？」我心頭火起，心想：「不現真身你不流淚！」我力振兩臂，一雙蝠翼自背生出，伸展開來一拍，帶來陣陣刺骨森寒的風，朝他的臉撲去！倏忽間，我已繞到他身後，兩手抓緊他兩肩，要他親眼看清楚我十隻手指，指上正在伸長的尖甲。我幾乎跟他臉貼臉，張開了口，讓他見識吸血鬼的尖齒，道：「十五分鐘？我要你的命，十五秒就夠！」

我稍微使勁，十指尖甲已刺進他雙肩，讓他確切知道，吸血鬼——德古拉伯爵真的來了，來取他的狗命了。他試着反抗，又驚又痛，看見落地玻璃窗的我沒倒影，更惶悚得尖叫起來。對喇！怕我吧！剛才的輕佻已經是死罪了。

「德……德古拉先生，不不不！德古拉伯爵，可以放過我嗎？求……求求你！」他哭起來了，續道：「我到底做了甚麼得罪你？」

「啊！為免你死得不明不白，好啊！就跟你説説。」我當然是個講道理的紳士，便給他一個該死的理由，也好好聽聽他有何解釋。

我收起插進他肩膊的尖甲和背上的蝠翼，回復原來俊朗的面貌，一手把他拎到沙發上，道：「要知原因嗎？」我輕輕伸出舌頭，舐着殘留在指甲上的血。

他仍感到兩肩帶來錐心的痛楚，血不住地流淌。颼一聲！我已去到牆邊一個大型的木製展示櫃，打開櫃門，裏面全是這間公司的產品。我把「德古拉伯爵茶」拿出來，轉身向他厲聲質問：「你以我之名，亂編故事賺錢，該不該死？」

　　他看着我手上的伯爵茶禮盒，臉上除了驚慌，就是無辜和不解。他道：「有甚麼問題？我怎⋯⋯怎麼不可以出產伯爵茶？你又沒有專利。」

　　「你以我之名就不行。還有，哪來德古拉皇族？哪來製茶古方？你全是穿鑿附會。」我步到他面前，再度伸出尖尖的指甲。

　　他顯得惱怒，垂死辯解，道：「我哪會知道你真有其人，哪知道你的皇族系譜，更不知道製茶古方，全都是市場營銷策略，是我們的市場部同事，經過大數據調查得回來的結果，再研究產品宣傳方案，決定用一個故事來包裝的。你有甚麼不滿？市場呀！營銷策略呀！」

　　「你的故事全是假的，一派胡言，誤導世人。」我道。

　　他反駁，竟敢反駁：「你⋯⋯你的故事也是假的啦！我哪想到真有吸血鬼？你故事中的城堡也不是真的，人人到那個羅馬尼亞去朝聖，都因為書這樣寫，也一樣甘心的誤以為真。」

　　「我是原著，我因原著而生。你的是以假亂真，無中生有。你讀的原著有伯爵茶嗎？混賬！」我瞪住他。

他重重的嘆口氣，一張不屑的嘴臉已蓋過適才的驚慌。他指住茶几上的熱茶，道：「我沒讀你的所謂原著，沒興趣讀，連作者是誰都不知道，沒興趣想知道。德古拉大哥呀！不讀書便不可以售賣關於你的產品？你看這杯茶，你道是甚麼？」

「甚麼！」我問。

「茶是中國茶，我忘了來自哪個茶鄉，但我們市場部為它起了名字，喚作『東坡解酒茶』，還給它想了包裝的故事：相傳北宋大詩人蘇東坡愛飲酒，易醉，他的妻子便讓他喝這種茶葉沖泡的茶，飲罷宿醉必解。」

「那又怎樣？」我再問。

他不耐煩道：「首先，蘇東坡這個人是誰？我懶知。我只吃過一道菜叫東坡肉，他是寫詩寫故事寫甚麼的，我也沒讀過，不會讀！他老婆有沒有沖泡這種茶？當然沒有，因為是我公司出品，北宋時代……管他呢！難道我推出『東坡解酒茶』要問蘇東坡？要讀他的詩？老實講，他真有其人，死了幾百年吧！你呢？你是虛構的。你來跟我計較？」

又道：「外面的字畫，假的！但有人會買，買我的產品便可以用優惠價購買，全是名家的作品，你喜歡的話，我免費送你。唉！欲望營銷、饑餓營銷，你讀讀書吧！別執著你的原著不原著啦！全世界都有你的精品你的電影你的玩具，全都因你之名賺錢啦！賣和買的人全都有讀過你所謂的原著

嗎？誰關心呀？」

「那些不同，都沒像你般胡作非為，亂編故事。」我道：「那些商品都沒在原著上無中生有？」

「你又曉得沒有？你全都調查過？品質檢定過？你上網看看，關於你的偽造品何其多，你去把那些不尊重版權和知識產權的一一咬死，我包保你吃十世都吃不完。德古拉兄呀！我的產品有申請合法專利權，有原產地證明，有國家品質檢定，是百分百正貨，我是正當商人，只是借你大名二次創作就要死？」

我給他一輪搶白，頓時語塞。

「正當賺錢有罪？不尊重原著有罪？我為何該死？沒看你的書便該死？我讀十次補償夠不夠？非要殺我不可……」他的血快流光了，漸見虛弱，一張逐漸蒼白的臉盡是複雜的表情信息，是不忿，是不滿，是怨是怒是慌也是無辜和無望。

我陷入前所未有的矛盾中，是我做錯？是我衝動了？他真的是在幹正當生意嗎？賺錢是欲望，欲望養育我，我殺他作甚？就因為他不尊重原著？不尊重創作？他推出產品，而各種營銷方式都是創作啊！殺他便等如不尊重他。唉！我被他的辯解弄到頭昏腦脹了，他該不該死，我已經沒有肯定的答案！我只知道眼前這個改了西洋名字的亞洲華人已經奄奄一息，再不輸血搶救的話肯定成了我的爪下亡魂。

「呦——！」辦公桌上的電話傳來響聲，我走到枱前，

按下揚聲鍵，秘書小姐道：「哥連斯先生，市場部總經理和他的同事在門外等你。你接見德古拉先生的時間已過了十分鐘，請問還要他們等嗎？他們說有急事，關於『莎士比亞的羅蜜歐與茱麗葉』情人節首飾系列的宣傳。」

我看着沙發上垂死的艾雲·哥連斯，頓覺得他有點可憐，唔……我轉念數秒，決定假扮他的聲線，代他回答：「秘書小姐，麻煩你叫他們進來吧！」說罷，我掛線，然後蓄力一躍，蝠翼一拍，直往天幕飛去，衝破了玻璃幕頂，噢！原來入夜了，遠遠的圓月在這座城市上空，以肉眼看不見的速度漸升，前面的巴黎鐵塔已亮起浪漫的燈光，燈光下幾雙緊緊抱着的戀人。

我在半空中，凡爾賽宮那邊泛起微濃的夜霧，忽地！我感應到，我聽到，狼人在吼嚎！在不知哪座森林的洞穴中嚎叫！

今夜，即將朦朧的月色下，牠是否跟我一樣，正在投訴世人甚麼？

可是……以牠的智商，哪懂「營銷策略」這個艱澀詞彙？

踫巧，剛才接待處的棕紅色長髮美女在我下面的路上走過，看她孤零零的下班，這夜又浪漫如此，我豈能太冷漠呢？

一隻由欲望伸延出來的爪，已寂寞難耐地攫住長街燈下把她拉長了的身影。

師 crets @ 附件一

（1）陳校長

小丘上的黃昏，難得一見的火燒天。

逆光下的校園大門，經常看見的同學笑臉。

旁邊植滿高樹的操場，揮灑汗水的校隊球員和拼命呼喊的教練。

一群麻雀和紅耳鵯知道即將入夜，吱吱喳喳的在樹頭和枝椏之間來回躍飛。

下班的老師辛苦了，補課後、改簿後、開會後，都在跟同學談天說笑，一同步出校園。

夕照金黃，射散了藍天上厚厚的層雲，散開後，輕風把細碎的彩雲捏塑成數不盡的小棉球。

那是多麼美麗的一幕幕想像。

攝影師的後期製作，把知行學院的全景，製成夢幻般的校園仙境。

知行學院的陳校長，永遠是最遲離開校園的其中一位老師。因着他的喜好和執著，常在校內舉辦不同的文藝活動，可惜礙於校長的行政工作繁雜，頗多時候都挺煩心，所以他決定聘請一些跟他一樣喜歡寫作的志同道合，擔任中文教師，其中一位更是本地的新晉作家。與此同時，為了平衡他個人喜歡教學的「癮」，特意在校內開辦創意寫作班，讓他止一止熱愛寫作教學的「痕癢」。

然而今天，他開設的「校長寫作室」要停辦了。

要——被迫停辦了。

知行校園 IG SECRETS 發了很多帖，一連數天，天天有帖發布，日日有「留言花生騷」：

70 個讚好

Secrets_CHCOLLEGE#3212
連續收到五封投訴信。有家長的，有同學的，有內鬼的。都直接送上了校董會。看來校長死定喇！

25 個讚好

Secrets_CHCOLLEGE#3213

唉！其實校長都好慘，他很有心，很喜歡教同學寫作，我也是受惠者。想不到竟然被投訴。

回應 1：他教寫作挺好的，生動有趣，又有啟發性。
回應 2：但聽講他教的學生，DSE 中文全軍覆沒。
回應 3：當校長就當校長啦！鍾意教書就不要做校長。

367 個讚好

Secrets_CHCOLLEGE#3214

知不知誰是內鬼？聽說是教高中數學的訓導 MISS LEE。她一直都不滿校長的。她好大勢力。

回應 1：聽講有機密文件叫附件一，就是用來投訴校長的。
回應 2：附件一？你又知？
回應 3：其實最大問題來自家長的不滿，好像跟 DSE 作文考試有關，
　　　　有同學因為校長教，考得極差！家長決定投訴。
回應 4：我都聽知情人講過，校長教的作文方法，令好多同學中伏。
回應 5：知情人？即是內鬼啦！肯定是教體育的李 SIR（李阿狗）。

37 個讚好

Secrets_CHCOLLEGE#3215

HI！知行有新生揮手區嗎？我是新生！

回應 1：新仔，你真夠運，來知行讀書，同落地獄無分別！
回應 2：新仔，我是中三師兄，你沒聽過『知行不合一，死城有野鬼』
　　　　嗎？
回應 3：好文采！好文采！師兄有見地。

249 個讚好

陳校長劃着手機屏幕，看着知行的 SECRETS 發帖，夕照映在臉上，微溫的光線剛好照到左額角，助燃起點點滾燙的汗珠。這又是另一個火燒天的黃昏，紫橙色的雲彩如仙女的裙擺，隨風舞動。他抬頭看風景，一時感觸，想寫詩，聊以開解。

下午六時，球場上冷清清，學校走廊冷冰冰，同事們見着他，皮笑肉不笑，職員見着他，稍稍點頭就別過臉。究竟，

他做錯甚麼？想起三年前上任當校長的時候，總是高高興興地想像——知行的每一天都充滿歡聲笑語，一張張師生和同學的笑臉，親切可人；課室傳來的讀書聲，音樂室傳來的結他演奏，球場上傳來的排球隊員、籃球隊員和足球隊員的吶喊，熱血熱情又滿滿士氣。

啊！多熱鬧多豐富多精彩的校園生活呀！

（2）何副校

「何副校，你是內鬼，校長被投訴的幕後主腦就是你。」同事 A 當面跟何副校說。

「何副校，你投訴校長？揭竿起義？」同事 B 跟他說。

「何副校，SECRETS 都有寫你壞話。」同事 C 傳了手機信息給他。

表面上，知行學院一切如常，如風平浪靜的湖面。

老師們的教學工作如常，學生的活動也如常。何副校在校內算是老臣子，所到之處，自帶氣場，一如江湖上的老叔父，道上的人見着他，總要給他幾分薄面。尤其這幾個星期，他成了「校長寫作室事件」的風雲人物，傳言他聯合了家教會主席和校友會主席一同向校董會投訴校長，更直接闖入校長室「發炮」。

「上星期五，何副校提着一個文件夾，聞說就是投訴信

中提及的——附件一。」秘書小姐傳出來，可信度極高。

「我一早跟你説行不通。你偏不信！還惹來投訴！重點是，許多人都以為我是幕後黑手。」何副校劈頭第一句的同時，把附件一擲到陳校長的枱面。

「其實沒甚麼大不了，校監建議停辦校長寫作班，我已經馬上照辦。事件已解決！」陳校長的語氣也不甚友善。

「解決？你推動的寫作班帶來極大衝擊。教同學甚麼創意寫作？跟我們中文科教的寫作內容完任不配合，你看看這份附件一，正是去年中五的兩位同學——張雪兒和謝靜欣的作品，你看！她們要考的是DSE中文卷二應試寫作，不是自由創作。論文學，的確質素不俗。但很可惜，這兩篇完全不符合應試要求，這樣寫能奪星嗎？奪命就有。」何副校火遮眼，道：「幾個月前文憑試放榜，她兩位本是我們中文科的奪星希望，就因為你的『校長寫作室』幫倒忙。被人投訴？抵死啦！」

「我開辦的寫作班是啟發創意的文學創作，自然跟應試的準則不同，參加的同學本身是知道的，人人都享受其中，比起你們的中文教學，只着重死記硬背和測考默書，課程欠活潑，文藝活動又欠奉，學生得不到啟發，找不到樂趣，成績再好又有何用？」陳校長拿起附件一，續道：「我也教中文的，也曾經教他們如何應試，當年我帶領的中文科，課程和活動多姿多彩，成績有目共睹。如今呢？何副校，你也唸

中文系出身的，你也是資深教師，你知中文教學不應如此。」

「慢着！」何副校伸出右手給他一個說不的手勢，道：「別說你、你、你，要這樣、該那樣，我不是你，別忽然跟我同氣連枝。校方從來只顧公開試成績，考得好不好都算在我頭上，你講哪些課程和活動，混帳！我只曉得，你一味勞民傷財，弄至怨聲載道，人人敢怒不敢言，看着你做足了門面功夫，我便很嘔心。你別以為當校長就可以對我指指點點，我管理的中文科從來只有考試為本。別要我跟你那一套。」

陳校長一時語塞。下午四時半的教員室充滿火藥味。正所謂「文人點火，非同小可！」何副校得勢不饒人，道：「今次是你遭人暗算，不關我事！我從來光明磊落，不放暗箭，勞煩你在後天的校務會議上，跟同事當面澄清。還有，那兩位高材生的悲慘結局，正正源於你的校長寫作室，導致她倆的中文寫作考試僅得 LEVEL 4，請親自跟投訴你的家長解釋，我可不會為你揹鑊。哼！幾十歲人，還返老還童。」

「甚麼意思？」陳校長問。

「還需要問？是天真呀！校長！」何副校轉身開門，回頭道：「創作和應試都未分清楚，你離地加過時呀！」

（3）張老師

如果說校園的女洗手間是鬼故事的常用題材，知行校園

的女教師洗手間必定是熱門取材地之一。特別是這段日子，「校長寫作室事件」沸沸揚揚，更因此傳出女教職員洗手間陰風陣陣，有女鬼的抽泣聲。

有一天的黃昏，大約六時半。校工在女教職員洗手間清潔，就不幸地遇上靈異事件。通常工友都會在清潔前，在門外大聲詢問：「有沒有人呀？」當確認沒有人，她才會進去。當日，校工開了水喉洗地，突然，其中一個廁格傳來細細微微的哭聲，心下一驚：「明明剛才問過有沒有人⋯⋯」豈料尚未定神，傳來哭聲的那一格廁所砰的一聲關上了門，工友登時心膽俱裂，丟低工具轉身就跑，連水喉都沒關，女職員洗手間頃刻變成澤國。

不過後來，「女鬼夜哭」的傳說被揭穿了。哭聲原來源於人類——中文科的張逸華老師——陳校長特意誠聘回來的女作家——被何副校一黨杯葛的新老師。

「別哭！不關你的事，不是你的問題。」陳校長安慰她。在校內，在中文科的勢力範圍內，他們可算是相依為命的同伴。然而，張老師愈想便愈傷心，哭成淚人，只覺自己連累了校長，還想起在中文科會議上備受同事冷待。

「你是校長的人，我怎敢得罪？」黨羽 A 道。

「寫作教學？你最在行啦！我們都不懂教。」黨羽 B 道。

「你是校長寫作室的重要功臣，我們的學生跟你學習，一定奪星啦！」黨羽 C 道。

「去年放榜，6A 班張雪兒和謝靜欣跟你和校長學寫作，結果呢？大家都知。DSE 中文卷二的表現強差人意，整體成績只得 LEVEL 4，令所有人大失所望。誰要負責呀？大作家！」兼任中文科主任的何副校在會議上點名問責。

「懂中文教學的人都知道，應試有應試的規矩，命題寫作的評分是有一定的規範準則的，沒考評經驗便去進修一下，沒教學經驗就向同事們虛心學習一下，創意寫作？唉！全校參與「校長寫作室」的同學多達 30 人，去年就這兩個成了祭品，來年呢？後年呢？張老師，你有份教所謂的文學創作，你有看過附件一嗎？正是兩位同學跟你學習寫作的作文。」何副校質問着。

張老師一臉委屈，點頭，道：「那兩篇都以文憑試題目來教，他們很用心學習創作。」

「問題就出在這裏啦！那兩篇作文寫得很好看，簡直出類拔萃。但應試文章是有規格的，寫得多好也沒用。老實說，如果你拿另一些題目來教，我無話可說。但你拿文憑試題目來教，就會給他們錯覺，以為文憑試都可這樣寫。你混淆了他們呀！」6A 班的科任老師罵道。

「創作是自由的，應試寫作也該可以放膽嘗試。」張老師力求掙扎。

未待何副校開口，另一資深老師已搶道：「甚麼？一試定生死呀！嘗試？我們暫未知道，她倆在文憑試的作文卷

上寫了甚麼，但單憑附件一的『中五時期』佳作，足以推測得到，她們之所以失敗，是因為你和校長的教學出了嚴重問題。」

「我當了閱卷員多年，通常這些嘗試都是失敗作。唉！兩位作家，我們中文科有你倆真幸福。」

「她們沒失敗，沒有！」張老師堅持道：「失敗的是老師們。」

（4）李 SIR

知行學院在一座小山上，每天上學都要爬一條頗長的斜路，師生們走慣了反覺身體愈來愈好。負責體育科的李 SIR 更是校內長跑隊的主教練，每天都跟同學晨跑。但自從「校長寫作室事件」之後，他暫停了長跑操練。

原因為何？

身為訓導的他，每天早上都要查看 SECRETS 群組的發帖，查看有嫌疑的同學，抓住他們來問，於是他決定暫停訓練，專心「捉鬼」。

當然，因為這次事件牽涉到他，說他是幕後主腦，是其中一個投訴人，他更加要找出胡亂發帖的人。「到底誰是造謠者？」他常想。而且他也好奇，SECRETS 中提及的附件一，他和非中文科的人根本沒看過，只知中文科以家醜不出外傳

的態度，對外人三緘其口，把附件一收得密不透風。然而，附件一於他根本不重要，只是純粹好奇，想一睹校長和張老師教出來的學生，文章如何出彩，又如何「失敗」。

「我最關心的，是誰把我牽扯其中，令高層以為我是搞事分子，真離譜。雖然，我承認，我一向不滿校長對體育科毫不重視。加上去年，我申請升職，競逐副校長一職，何副校經常借機打壓，陳校長竟然視若無睹。」李 SIR 在相熟同事面前說的話，明顯又在洗脫嫌疑：「但我明人不作暗事，決不會幹這些下三濫的手段。」

「那麼誰教唆家長投訴呢？聽講校監接見投訴人時，那人還手持證物——附件一。」同事追問李 SIR。

李 SIR 聳肩，道：「天知道。有人說是何副校，但他否認。依我看，這些投訴其實是雞毛蒜皮的小事而已，只是借勢傷人的小把戲。」

「但五封投訴信啊！然後在 SECRETS 大講特講，大傳特傳！我看啊！一眾鍵盤戰士中，一定有自己人。」同事們開始自行填補許多道聽塗說的情節，虛實之間的比例如書寫演義小說。

「我真想看一看附件一。」

「我都想。那兩位同學是我們的希望，就這樣被害，真慘。聽說，謝靜欣的家長帶女兒去看精神科呢！」

「唉！懂寫作的不一定懂得應試。這是中文科同事說的。」

「他們肯讓你看附件一嗎？」

「不肯。還推說在何副校手上。開會時看過，及後收回了，用作上呈校董會之用。」

三天後的早上，李 SIR 恢復晨跑練習。他不再需要捉鬼了。鬼已經自首了。

「李 SIR，早前傳你是主腦的人，是卓志偉。」一位畢業了兩年的長跑隊舊生傳短訊給他。

「為甚麼是他？為何他要這樣做？」李 SIR 想了一會，終於想起了，卓志偉，正是何副校的愛徒、高足。

舊生直截了當地回應，道：「李 SIR，你懂的。『何副校後援會』可不是跟你講玩。」

李 SIR 聽罷，沉默數秒，大腦下意識地按下了快速搜畫的功能鍵，去年跟何國良競逐副校長一職的故事，剪接重現眼前。

（5）附件一

 知行學院

2013 年文憑試試題
《孩子不是等待被填滿的瓶子，而是盼望化作燃燒的火焰》

姓名： 張雪兒

班別： 5A

　　看見弟弟每天都活在母親的催迫中，我實在無法忍受。這孩子十歲而已，小學四年級，理應過着活潑的童年，活力充沛的他最愛踢足球，何不讓他放學後到球場去跑跑踢踢？怎麼總要把他一天十多小時都在學校、興趣班和補習班中度過？

　　母親拿着一個兩公升容量的玻璃瓶子，用黑色箱頭筆在瓶子上劃下距離相等的「達標線」，然後滿有理想和目標的說：「允行，這是你的知識寶瓶，每天完成了要學習的事情，我便放入七彩的紙星星，當星星填到一定的達標線時，我便送一份禮物給你，好嗎？」

　　唉！媽媽這一招……也曾在我身上用過。管用嗎？不見得。我曾試過努力達到她的要求，當瓶子填到三分二滿時，我決定放棄。到底我是在努力達

到她的要求，還是追逐我想要的夢想呢？當我的瓶子日益填滿，我便想起快飽和的垃圾堆填區。可是她只認為我是失敗者，不反省不檢討，把希望轉移到弟弟身上。可憐的允行，在功利主義的荼毒下，渾不知媽媽的禮物從來都是一柄利劍，狠狠地割斷那根點燃夢想的火藥引呢！

　　我看着允行在書桌上操練試卷，堆堆疊疊的練習本壓着排得密密麻麻的時間表，我發笑了，我慶幸了，同時也心酸了。「允行，快點喇！要出門了，大提琴班快開始了，的士到了，你快點可以嗎？」媽在大廳穿起外套嚷着。

　　允行重重的吁口氣，目光呆滯得如患上絕症的病人。他終於懂得反抗：「媽！不是說好了下個月才學嗎？今天是我足球比賽的日子，不能不去啊！你上星期還應承我的！」

　　母親衝入房來，語重心長地解釋：「唉！對不起，但這位大提琴老師是國際級的，在他教導下的學生獲獎無數，你跟他學習，名牌中學會爭着要你呢！媽應承你，學完大提琴，給你買一對新的球靴，還給你五顆星星，行嗎？」

也沒待允行同意，媽已一手拉他起來，趕忙地換好衣服便出門去。我冷冷一笑，反正早已愛莫能助。他們離開後，我再次走近允行的書桌，看看書櫃裏放着的那個星星瓶子，「噢！只得三份一……慘了，允行的一生，足球夢？他的火種給熄滅了嗎？」

　　我記得中六那年，文憑試前夕，要為大學選讀科目作抉擇！那時，我雖過了青春期的反叛階段，可是我依然反叛。我是人，不是機器，不是程式，爸媽的心血、心機、盼望，全放在我身上，所以要我跟從他們的指令。我本來也一直嘗試填滿我的星星瓶子，但直到選科一刻，我確確實實知道自己要走藝術的路，我想燃燒自己的藝術火焰，成為一位畫家。

　　我決定大學聯招首兩位排上美術系和中文系！

　　「不！不切實際！」父母異口同聲。爸爸說：「讀商業和經濟最好，讀大學多出路，未來從商有前途，賺大錢。」媽媽說：「我幫你報名的興趣班和補習班都一早鋪着路走的，數理和經濟是大方向，聽爸媽的意見好嗎？」

我反駁：「媽，你也有讓我參加繪畫和寫作班啊！那些不也是鋪着的路嗎？」

媽瞪着我：「那些是藝術時數，是你的個人學習檔案上要有的，好讓去名校面試時，讓老師覺得你多才多藝。媽媽明白，人是要文武才藝全面發展，但現實歸現實，你將來要面對的社會就只得一個字——錢！兩個字——地位！」

媽是律師，口才方面，她贏是理所當然。

爸是投資顧問，運籌帷幄方面，他也佔盡我的先機。

不過別小看我！我是怒憤青年，反抗方面，我亦不甘示弱。

中六那年，我一手摔破了他們給我的玻璃瓶子，離家出走一星期。

可惜到了最後，爸媽表面任由我把美術系和中文系排在聯招首兩位，卻暗地打通人脈，聯絡好了美國的世叔伯，找了一所排名頗高的大學給我——工商管理系。

若不是世叔伯誤打了一個長途電話給我，以為

我已同意到美國去，我想我仍然天真，天真地覺得自己已成功掙脫牢籠，往自己想要的夢想飛去。「真可笑，以為摔爛瓶子，自己就不是瓶子嗎？」那是我悲苦的宿命！怎麼我的成長過程會失去自己？我盼望有一天，美術館有我的個人畫展，書店有我的畫集、文集，我有我的畫室……難道這一切不是盼望，而是空想？

那一年，我由盼望變絕望，心中大力控訴：那根本不是我想要的人生！

如今看着允行正在走我的舊路，豈能不心酸？上星期他高高興興的拿着班際足球比賽的獎牌回來，說自己在比賽中射進了三球，教練和老師大讚，怎料回到家，只換來爸媽兩張皮笑肉不笑的臉，表面嘉許，讚他有潛質。可是當允行說夢想成為職業足球員時，他倆的臉色立時一沉，熱情與冷靜之間不過兩秒，及後他們合力地軟性洗腦，找了許多足球員退休生活坎坷的新聞和照片，有意無意地把他們自以為是的價值觀灌進允行的瓶子中。那刻，我真的看見，允行的足球火在體內忽強忽弱，似控訴似掙扎，似希望又似幻影。「允行啊！堅定點，燃

燒你的火焰，認定你的夢想吧！別成為我的倒模，別被燒製出只合符他倆標準的瓶子，動彈不得，硬生生的被塞滿錯誤的價值！」

這時，允行學完歸來，提着一個鞋盒，一臉愁容，一言不發，砰的一聲關上房門！媽則在房門外大嚷，連珠炮發：「我已守承諾，給你買球靴，給你五顆星星，怎麼你不聽話，故意在大提琴課上搗亂。你知道邀請星級老師不是一件容易的事嗎？你知我花了多少人脈才能幫你報名？你知上一節課要多少錢嗎？」

我冷哼一聲：「活該啦！你不讓他踢足球，卻給他買球靴，荒謬！而且他又沒要求你給那五顆星星，怎麼會以為他很稀罕呢？荒謬中的荒謬！至於星級大提琴老師，哈……打通人脈……花很多錢……更荒謬！允行要的是甚麼？你不是不知道吧！你要給他發展夢想，敢於追夢！」

其實，我們都明白瓶子的存在是必需的。每個人的成長路上，都要按個人能力、按個人意願、按個人興趣來填滿瓶子，豐富瓶子，然後在屬於自己的瓶中，尋找那顆耀眼人前的星星，在夢想的天空

上發光發亮，燃起自己的夢之火。如沒有為瓶子儲滿能耐，儲存實力，儲備眾多選擇，確實很難找到自己想要的「星火」！不過一切一切都出於孩子本身的意願，而那位燒造瓶子的工匠，不是父母，不是別人，是孩子自己——是允行。是我！

「媽，你還不明白？作為怪獸父母，你和爸要徹底清去獸化基因，回復人性吧！父母得讓瓶子(孩子)有朝一日能自我燃燒，化作追尋夢想的神聖火焰，而在孩子還小的時候，你們要在他的靈魂深處，助他存起、點起星星之火，好讓他長大後，燎一大片夢想之原。」

允行的房間整晚都沒開。爸爸下班回來，跟媽媽商量一會，仍是決定隔着房門，動之以「虛情」、說之以「歪理」。到了半夜，媽愁容滿臉，走到大廳的飾物櫃前，打開，對着我的遺照，嘆口氣，發牢騷：「怎麼你弟弟會跟你一樣固執？」

我冷眼看着她的執迷和嘮叨，慵懶地自得其樂，轉個臉去繼續看書！

知行學院

姓名: 謝靜欣

班別: 5A

《我在　創作　之中找到快樂》

　　翻開試卷,看到三道試題,我打從心底歡呼起來。我在(補上一詞)之中找到快樂?這麼容易的題目,腦海中即時有超過七個意念在浮現,在選擇,在冒出頭來。豈料點子愈多,愈難決定,心忖:「這一道看似簡單的題目其實不容易,合格易、高分難,要看其立意和取材定高下。」於是我除了把公開試一定要求扣題的技巧放在第一段之外,定要找一個與別不同的選材,呈現不一樣的深度立意,才可突圍而出。

　　一般同學都會寫的,我不寫!例如「我在足球比賽之中找到快樂」、「我在畢業禮之中找到快樂」、「我在義工服務之中找到快樂」、「我在閱讀之中找到快樂」、「我在挑戰之中找到快樂」、「我在……快樂……」等等,我一定不會寫。因為這些選材,在我手上一定會寫得好。可是跟我一樣寫得好,甚至比我

更好的人多不勝數！於是我又構思，補上一個虛的、概念性的詞，例如「我在刻苦之中找到快樂」、「我在尋覓之中找到快樂」、「我在回憶之中找到快樂」。

這樣可以嗎？這樣可以嗎？我的腦筋開始糾結，思路開始模糊，心理質素開始在考場中忐忑跌宕。忽地，我想起了老師的話，創作最大的樂趣在於創作本身經常處於精神分裂的狀態以至由內到外整個人都在變，心在變表情在變思路在變世界在變人生在變而變幻原是永恆原是真理。悟了，由於我的思路極度跳躍使我的意識流動得好像日本的高速火車。那時候到日本旅行，坐在子彈火車中看風景，抓不住看不清富士山下的田野，向日葵花田只是一片黃，風景跟我現在的思路坐在同一車廂，我感到自己在疾走，高呼過癮！

於是我決定作反，下一站下車，白雲和綠樹才肯定格給我拍照留念。此刻我看着考試用的原稿紙，想起那時我喜歡在車廂座位的小桌上寫作，攤開原稿紙，書寫遊歷的故事。我在甚麼甚麼之中找到快樂？老師說的那一句創作最大的樂趣在於創作的一刻經常處於精神分裂的狀態以至由內到外整個人都在變，心在變表情在變思路在變世界在變人生在變而變幻原是

永恆原是真理。

　　說到底我面對這個考試和考試制度！考場上，前面坐着的是梵高，他在作文紙上畫一瓶向日葵，天呀！那幾朵開得極美好。他說一張紙不夠，要求監考員多加兩張紙！我看着他的背影，畫畫的動作很大，我估計他索性把整張書桌當成畫板。公開試作文，用畫書桌方式呈交？確是創新大膽之作！誰說考作文試不可以畫畫？

　　豈料坐在我後面的蘇東坡更誇張，自斟自飲之餘，還寫起一首《望江南》，以「休對故人思故國，且將新火試新茶，詩酒趁年華」作結，然後舉手示意提早離開試場。我登時瞠目結舌，心忖考試啊怎地瀟灑得如此「歸去，也無風雨也無晴」呢？他把作文考試當作一場過雲的煙雨，豁達的作家果然非凡！那我呢？

　　老師說正在考文憑試，請暫時別理會梵高和蘇東坡。於是我看着作文原稿紙，想起了日本的遊歷，還書寫在第三段中，是不是太過分了？未入題，又不扣題，立意想寫甚麼？如何謀篇佈局？如何鋪墊下文？我想回應老師：「你說創作之樂趣是精神分裂，我說考試的題目讓我情不自禁地精神分裂，我不懂我不

懂，明明這道題目叫我寫在 ＿＿＿＿ 之中找到快樂，
我補上創作一詞不行嗎？怎麼我偏偏不怎麼快樂？已
寫到文章的中段了，快樂呢？我在遊歷甚麼？

　　考試前一天，老師還叮囑我們，他說考評局的試
後檢討會議，那些高高在上的試卷主席最喜歡用「謀
篇佈局」「詳略得宜」「取材恰當」「別出心裁」「緊
密關聯」一大堆四字精句說明一篇五星星文章要這樣
要那樣。他還說一篇五星星文章要具立意深度，要明
明白白地寫出感悟和體會，還要有提升到人文道德價
值、文化現象剖析，要在畫公仔畫出腸和含蓄之間取
得完美平衡，如果一味暗扣以至過於隱晦會造成危
機，可能閱卷員看不明，或亂看一通，變成高手作品
在庸人眼中看不出盛開的花在霧中的驚艷，實在自掘
墳墓。甚至，連這份卷的「話事人」都未必看得出，
那我何必堅持孤芳自賞的愚蠢？那一年，我愛上創
作，愛上文藝寫作，卡夫卡的荒誕，加西亞・馬奎斯
的魔幻想像，李白的浪漫，屈原的雄奇，魯迅的諷刺，
梁實秋的幽默。韓愈有時太過無病呻吟，庾信在我眼
中是個不折不扣的「二五」，我寧願同情李後主。故
我明白前面的梵高和後面提早離場的蘇東坡，他們都
找到快樂！而我對不起老師，對不起父母，對不起考
評局嗎？

終於我還是屈服，我要入題了！既然我喜歡創作，便寫一篇「我在創作之中找到快樂」的文章。至少這一刻的我，自我感覺非常良好，彷彿看見閱卷員要改這篇應試文章時啞口無言的樣子，令我感到創作的樂趣。評審老師，我這樣寫沒偏題啊！還緊扣了關鍵字，上面寫的都是關於我快樂的原因，是神交古人之樂，是享受創作之樂，你不可以判我偏題，結構上其實亂中有序，暗中扣連的，你可別像我老師所說看不明或亂看一通，你是考評局挑選出來的，你在大學專科是中文系，我神交的古人，你都神交過吧！我喜歡的創作，你也創作過吧！我的剖白是後設了自己作品有可能被你欠了慧眼的情況下所得的下場，雖然我承認創作最大的樂趣在於自由，可是在這拘束下我沒能力效法東坡兄──走！

　　日本的遊歷是故意鋪排的，我的思緒剛才是有點意識流。我愛上了精神分裂。這是創作人的最大樂趣，在幻想中我可以是任何人或東西，可以代入任何情況下的任何狀態，可以好亂好亂好亂好亂好亂好亂好亂好亂好亂好亂好亂好亂好亂，好像我的書房，從不整齊，書疊書疊書疊書疊書疊書疊書，莊子在窗台曬日光浴，井上雄彥筆下的櫻木花道靠着馬榮成的步驚雲，前天翻看村上春樹的海邊的卡夫卡，台灣友人送

給我的洛夫詩集，其中一首妻的手指很好看，可以跟余光中的紅燭媲美。記起一個廣告對白，真正的快樂在於懂得追求，我創作，故我樂，所以閱讀。那又要回到這道應試作文的命題之上，只許補上一詞，怎麼攪的？我的創作自由呢？創作和閱讀是兩兄弟，我既然在創作中找到快樂，那也必然在閱讀中找到興奮。我本來想填上「我在創作和閱讀之中找到快樂」，但那不是一個詞，結果害我苦思良久，考試又要限時完成，浪費了我構思的光陰。

不過算吧！我總算在文章中扣緊了我在創作中找到快樂。談到創作，我都希望讀者看罷我的作品會有共鳴，在這過程中，我也十分享受，享受細微的觀察，觀察人情、社會、時事、文化現象，然後用不同的方式表達，用自己的方式走進別人的思想，告訴讀者們我的想法，啟發讀者們有自己的想法。而且創作的世界實在任我行。所以，其實，我沒真正去過日本。遊歷在思海中最好玩！

超能力失敗者

（1）械劫現場

轟隆！砰砰砰砰……一整條街陷進了槍林彈雨之中，六、七輛被炮彈打中的警車翻側、爆炸、焚燒，十幾名倒下的警員已在垂死的邊緣呼喊，在生命的盡頭前，跟死神會晤，求祂饒命。而另一邊廂，街頭仍有數輛警車駛進來，三支特種部隊已經就位，封鎖了前街和後街，兩部軍用直升機也在上空盤旋，機上安裝的機槍已瞄準了打劫珠寶金行的悍匪。

突然！一枚逼擊炮飛彈朝直昇機轟去，隆一聲！直昇機閃避不及，中彈的同時，撞向另一架正在低飛的，兩機相疊爆炸，直把一片灰天炸開一個大洞，雨就這樣落下來了。

「這一班劫匪持有大量重型武器！我們已經盡力封了四周的街道，除非調動軍隊，否則我們現有的警力根本無法阻止他們。」一名警官向上級報告道。

「這條街有四間珠寶店、三間銀行，他們是一次過打劫這七間，擺明車馬大搶特搶，即二十幾人的械劫團隊，猶如一支僱傭兵。」另一名較高級的警官向上級報告道。

轟隆——又一吼天巨響！從地底傳出來，看來是地下的保險庫被爆破了。

轟隆——其中一間珠寶店給洗劫後炸爛了，裏面的職員無一倖免。

「報告！軍隊正趕來了。我們得拖延多二十分鐘！」特種部隊各上級報告。

「二十分鐘？太遲了吧！」聽見報告的警官們苦叫着。

「不用怕！我來了。」一把給世人希望的聲音從遠處傳來，不消兩秒，一個戴着金色面罩，身披紅色斗篷，穿着黃色緊身衣，胸前有一個「無限」符號的男人，已經擋在警車前面——超能俠，來了！

眾人一見超級英雄到來，士氣大振，興奮叫好！只見他左手一掃，立時把射過來的無數子彈悉數擋下，一一回敬到劫匪身上。那些子彈好像長了眼睛般，死追匪徒，直中眉心，先給斃了六、七人。

接下來，已經不用多說，劫匪召集，集中火力，向超能俠瘋狂開火，卻見他絲毫無損，衝進店鋪和銀行把匪徒逐個擊倒，每一個被他揪出來的，非死即傷，口腫面腫不用十分鐘，劫匪疊成了一座山似的，堆在街心。

終於，停火了！平息了，一縷縷槍炮餘下的硝煙四飄，如招魂的死神之手，引領槍下亡靈向微雨下的天空散去。超能俠呢？未待警方道謝，只見他已如流星劃過，在灰天的盡處一閃即逝。

第四集完。

「爸爸！超能俠好厲害呀！我將來長大了一定要跟他一樣。」懵懂的孩子總是幼稚。

抱着他一起看影集的爸爸吻了他一下，笑道：「世上哪有超能俠？幻想而已，虛構出來哄孩子的。」

「不！爸爸，我長大後一定會有超能力的。」孩子跳到面前，做了一個超能俠飛翔的動作。

爸爸摸摸他的頭，道：「王信然小朋友，你想有哪種超能力？」

「唔……懂得飛，力大無窮，刀槍不入！」孩子繼續扮演超能俠。

父親看着滿有童真的兒子，除了開懷的笑，就是一陣陣屬於成年人才有的黯然無奈，他心忖：「仔啊！大人的世界

不是這樣的。」

（2）械劫後現場

轟隆——一聲吼天巨響！地面猶如遇上七級地震似的晃動，看來是地下的保險庫被爆破了。

轟隆——其中一間珠寶店給洗劫後炸爛了，裏面的職員無一倖免。

「報告！軍隊正趕來了。我們得拖延多二十分鐘！」特種部隊各上級報告。

「二十分鐘？太遲了吧！」聽見報告的警官們苦叫着。

「不用怕！我來了。」一把給世人希望的聲音從遠處傳來，不消兩秒，一個戴着金色面罩，身披紅色斗篷，穿着黃色緊身衣，胸前有一個「無限」符號的男人，已經擋在警車前面——超能俠，來了！

眾人一見超級英雄到來，士氣大振，興奮叫好！只見他左手一掃，立時把射過來的無數子彈悉數擋下，一一回敬到劫匪身上。那些子彈好像長了眼睛般，死追匪徒，直中眉心，先給斃了六、七人。接下來，劫匪聚集一起，集中火力，向超能俠瘋狂開火。但見超能俠不畏槍彈，人如閃電，衝進店鋪和銀行去，把匪徒逐個擊倒，每一個被他揪出來的，非死即傷，口腫面腫，不用十分鐘，劫匪疊成了一座山似的，堆

在街心。

　　終於，停火了！平息了，一縷縷槍炮餘下的硝煙四飄，如招魂的死神之手，引領槍下亡靈向微雨下的天空散去。

　　超能俠呢？

　　突然！地底再度傳來震動，比剛才劫匪爆破地下金庫的力度更大，在場所有警員、特種部隊、警車和裝甲車一一被搖個地覆天翻，沙塵滾滾，混和細細的雨珠，捲起一街迷霧。

　　突然！地面塌陷，一條身影自地底破空而出，好像還拖帶着些甚麼，轉瞬間已如流星劃過，在灰天的盡處一閃即逝。

　　地震過去後，警方已知超能俠離開了，而軍隊也剛抵達這個械劫後的現場，軍官跟警官交頭接耳了幾句，便上車收隊。這時，善後的警員四出調查，檢視現場傷亡和損失的狀況。

　　「報告！所有匪徒已逮獲，但……」

　　「甚麼！」

　　「但輝煌珠寶店的保險箱被洗劫一空，永恆銀行地下金庫……整座消失了。」

　　（３）失業現場

　　我終於明白自己孩童時代有多幼稚，誠如父親所説：大

人的世界不一樣！

這條道理——是難懂的。

從表層看，照字面去讀，不難！不過是人心難測、名利色權的陷阱如詭譎的迷宮，墮進去便萬劫不復，稍為在社會上做過幾年事的都會知道，都明白，你手上總會有這場遊戲的入場券。

從裏子看，咀嚼字底，極難！具備穿透人性的洞察力和看破世情的寬懷和胸襟，是一種極難擁有的超能力。

「你是寫文案的，靠創作廣告維生，怎麼看不懂客人的要求？」老闆在枱面上放下一份又一份我寫的文案，全都給客戶打回頭了。而在他手上的，是另一位撰稿員的文案，道：「AMY 可不同了，她寫的這一份，客戶豈止收貨，還大大讚賞。」

我沒回應，預備了被開除的心情。結果，我被一個初出茅廬的新人，抄走了文案，搶走了客人，在「執包袱」的時候，我聽見會議室內高聲談笑，那個 AMY 不但無賴，還很懂交際，老闆也很膚淺。我收拾辦公桌的物品時，一併把收藏的精品放進紙皮箱，當中最多的是「超能俠」模型。我看着他，不禁想：正義呢？我童年時相信的正義呢？同時，腦際間浮起一個突如其來的畫面，那是幾年後，爸爸跟我講過另一個兒童不宜的超能俠版本：故事到了最後，超能俠把珠寶店和整座銀行金庫搶走了。那時他說：超能力幫人？呸！

先幫幫自己吧！

　　我一直不屑他這個看法。能力愈大，責任愈大，英雄持守正道，打敗壞人是必然的，邪總是不能勝正！然而，失業了幾次之後，除了諉過於命運外，就是自己的脾氣。「性格決定命運！你有多成功，靠的是實力以外的其他職場技能。你要交租的，你要給家用的，你要養妻活兒的。」半年前，父親還在生的時候，總在我失業時「勉勵」我。

　　回家後，我軟癱在家中的沙發上，儘量正面一點，想想老闆都算待我不薄，賠足了薪水，暫時不用擔心交租，不過最近新推出「17 號大鐵人」的超合金模型就別想了。如果動畫《反斗奇兵》是真實的，所有玩具都活生生，我相信眼前的飾物櫃會變成世紀戰場，一定會連場決鬥，那些超級英雄們啊：元祖級變種特工，漫威宇宙的鋼鐵奇俠、奇異博士、蟻俠、蜘蛛俠，DC 宇宙中的蝙蝠俠、超人、神奇女俠，還有我最愛的超能俠，全都加起來，應該可以摧毀地球幾百次了。也好！我的世界已經沒了。

　　讀大學的時候，讀過關於「俠義文化」，俠者，仗義者也，見義而勇為。可以為我替天行道，幹掉些連累我或害我的人嗎？如果我有你們任何一個的超能力，我還會執行正義嗎？還會講社會責任？或許會，也或許不！先顧好自己吧！為自己自私一點不算過分呢！坦白一點說，我已徹底否決了天真幼稚的童年，想起那時候扮演超能俠，真的頗尷尬，雞皮疙瘩的感覺如同蟲蛆咬破表皮般難受。

被開除後的第一個下午，我胡思亂想：哪種超能力最好？

（4）失業後現場

哪種超能力最好？

我可以為此思考一整個下午。愈想便愈開心，信箱裏的電費單、水費單、稅單、信用卡月結單統統都發霉了、結冰了。女友打電話來關心，我聊聊關於超能力的想法，她很好，附和我，不過我知道她比較擔心將來。母親傳來訊息，也關心我，要我回家吃晚飯，月底要付二妹在外國留學的費用。

終於，我知自己要清醒起來。睡了片刻後，門鈴乍響！

我愣了一下，想：誰會來找我這個失敗者？

噢！原來是管理員大叔。他在門外喊着：王先生，你欠兩個月的管理費⋯⋯

我拍拍自己的臉頰兩下，試圖令自己清醒一點打發他走。我走近大門，道：「明天會親自交到管理處。我現在不方便。」

「沒問題。明天大約幾點？」

「十一點。」我敷衍的速度快如閃電。管理員大叔應了一聲便走了。

正當我回身，再次撲到沙發上去之際，腳下一踩，正好

踩住兩張金黃色的千元大鈔！

我兩眼發直，這兩千元從何而來？不可能的事發生了，不可能的事發生了，我環顧四周，三百幾尺的小單位，正方形客飯廳可以有多大？怎樣也無法藏起一個善長仁翁。做夢吧！其實我的真身仍躺在沙發上，我現正是靈魂出竅，趕快返回肉身吧！免得發生窮鬼死於午睡的荒謬事件，死過人的家宅難賣好價錢呢！

我馬上打了自己一巴掌，確認自己的真實存在。

啪一聲！痛呀！

又一張千元大鈔在大腿外側無中生有地跌出來！

三千元。我打了自己三下，生了三千元。真的假的？

那三千元是道具來的嗎？電視台的整蠱節目？不！我已確定了，這是我有生以來夢想得到的超能力，只是從沒想過會是這種──實際而具威力的變錢能力。

驚喜，絕不足以形容當下的心情。驚慌？當然不會！有誰會怕錢？驚訝？唔……一點點！驚艷？不是女色，所以並不準確。驚世駭俗！對了，這能力絕對震驚世人，試問誰有生錢的超能力？飾物櫃裏的超級英雄們，除了蝙蝠俠和鋼鐵奇俠是有錢人之外，其他都是平凡之輩，意外得到異能而已。況且他們都沒有我這種呼風喚雨之能──錢呀！我膚淺，我認。我再打了自己兩巴掌，大腿外側再多跌出兩張千元金牛

來，印鈔的速度比機器更快！

可惜，我照照鏡，臉頰紅了少許，微痛。

其實不用太大力吧！我嘗試放輕一點，輕拍一下，不行。我試試拍手掌，不行！定要稍微用力的巴掌才能變錢。可以變美金嗎？不行。但大力一點呢？行！

這一夜，我先打了五十萬出來。

（5）超能力現場

猶記得蜘蛛俠擁有超能力之初，需要自我修練，練習爬行、飛盪、各式各樣的跳躍和攻擊，所以我也要為我擁有的超能力好好練習。因為每次打自己一巴掌，自大腿外側跌出來的錢太快，接不住就會掉到地上，所以我要練就一雙快手，亦要拿捏力度，打出港元和美金的力度不同，有時出於好奇，也會想打出歐元和日元，可惜未能拿穩那種感覺。

大約練習了一個星期後，我已不愁錢了，正式安心耍廢，求職？別跟我說笑，如果擁有這個變錢異能，大抵沒有人傻得去找工作吧！當然，我也不是沒有付出的，至少付出了皮肉苦楚，臉上的腫痛如被施以炮烙之刑，不敢大笑，笑起來時，臉上肌肉的張馳鬆緊會加劇疼痛，偏偏，能變錢的能力啊！難道你會不動如山？忍得住、壓得下想笑的衝動？這段日子裏，女朋友吻下來的時候我都強忍着痛，她以為我皮膚

乾燥，買了男士專用的面霜送給我，搽了之後的確舒緩許多。前天，我經過商場，恰巧舉辦名車展，會場內放了兩部價值一百二十八萬的超級跑車，其中一部擁有黑曜石色的車身，當亮起炫黃色車頭燈的時候，你能想像嗎？一個性感撩人的金髮美女穿起緊身的黑色連身裙，在你身邊擦過的一刻，是香奈兒的香水啊！我一見鍾情！

「這是全場唯一一部。其他的都要先付訂金，等半年至九個月才運到香港。」經紀說：「王先生，如果你要這一部，又不想等，請先付 30 萬，我們立即簽字、留名，辦手續。」

三十萬，不算多，以我如今的財力絕無問題，可是過去幾天，自己吃好的、買貴的，揮霍不少，粗略一計，用剩十三萬左右，如果要抱得美人歸，就要再變十七萬來，換句話就是：打自己一百七十下巴掌。

別忘記，尾數還有九十萬（九百下大巴掌）！

我的視線沒離開過眼前這輛夢幻般的黑色超跑，思緒卻打上了數不清的死結糾纏難解，經紀先生當然無法理解我正在慎重考慮些甚麼，他只會懷疑我白撞，懷疑我付不起。我不自覺地摸着面頰，手指觸摸所到，微微的麻痛很真實，皮膚底層的微絲血管或已出現細細的裂痕，若再稍為加力按壓，可能會滲出血水來，就像家裏牆壁上那些不顯眼的裂紋，雨季時總會在細縫之中滲濕一整幅主力牆。

「王先生，你考慮買嗎？」經紀搓住兩手，又道：「你

今日買，後天就可在路上颷喇！」

這混蛋真懂利用人性中的虛榮心。我看看手錶，下午五時正，銀行關門了，他似乎看出我的心事，道：「我們收支票，也收信用卡。」

「好吧！先收我十萬現金，我再寫二十萬支票。」

「支票的話，要待過數後才可取車，沒問題嗎？」

「沒問題。」

當晚，我打了自己一百下。還打算翌日早上和下午各打五十。

（6）超能力下場

窗外的鳥鳴彷似此起彼落的嘲笑。

在我半睡半醒之間，想起童年的偶像「超能俠」，不禁生起一絲慚愧。

但人呀！父親說：大人的世界不是這樣的。

「能力愈大，責任愈大」是一句終極包袱，照顧父母、養妻活兒、水電煤和管理費，與及往往令人傻了眼的稅單，或有時捐給一些社福機構（慈善團體街上賣旗）也是必需的。然而話說回頭，這種種責任，每一個普通人都要負的啦！難道天下人都是超能力者？

沒錯！天下人都是超能力者，還有着多重身分。例如我老爸，例如住宅大堂的管理員（他很盡責，相信是一位好父親），例如每一個清早在街上清潔的大嬸，他們都是揹住包袱的超能力者。那我呢？我忽然「無中生有」了，只要願意摑自己一巴掌便得一千，那一千元是踐踏自尊的打賞嗎？

　　我啊！只是一個被炒魷魚的普通人，算是有自知、自尊和自覺的人，也有童年崇拜的超級英雄偶像，當然還有足夠大的終極包袱。

　　我啊！絕對的平凡人，用心工作的打工仔，豈料被同事出賣和算計了。但我沒因此變成壞心腸的人，也認命，奉父親之名認命——大人的世界就是這樣——一場無底線的饑餓遊戲，規則是有的，分了明暗兩條；陷阱和難關一定有，通常叫「預鑊」，好人和壞人更不用多說，比例問題和命數使然吧！

　　「你醒了沒有？面對現實啦！反省有用？」我心忖。

　　反省的最大作用怎會是改過呢？我最喜歡在夢和醒之間的區域中自我反省，視之為一件美好的事，最能達到安慰作用，還可以合理化自己的所作所為，而且，有哪些議題不用跟人爭論到面紅耳赤，還可以蜷縮在如人道走廊般的被窩裏，以自我預設的方式好好思考、反省和開解？這是唯一不用負責的過程，真正醒來的時候，窗外的光線，能撥起盲目如我的眼瞼，再一次看清楚，再一次看清楚事實——街上那位清

潔大嬸，看見路人遺在地上的錢包，便爽快拾起來，打開、拿走了鈔，再把錢包丟到附近郵箱去，尚算做了一件善事呢！

「不如這樣吧！」我忽然想出了一個變錢方法，不用再打自己，卻未知是否行得通。

「試試吧！」我想：「就跟清潔大嬸説説。」

我走到後街的垃圾站去，找到了撿拾錢包的那位大嬸，她正跟一位男同事閒聊。兩人在垃圾站旁的花槽前，男的提着掃帚，大嬸拎住兩個水桶。他們看見我大步走來，立時提起戒心，打量着我。我老實地跟他們説：「每人五百元，讓我打一巴掌。行嗎？」

起初，他倆以一連串粗話回應，罵我這罵我那，罵我祖宗罵我父母。但當我示範一次後，力度適中可接受，又見到手上多了一張金牛，便半信半疑地軟化了。

「真的有五百？」男人問。

「有。」我二話不説就把一千元塞到他手上，打他兩下，一面左一面右。「每次兩下，即賺一千。兩秒內的事。」

「不痛嗎？是魔術嗎？電視台攝製隊在哪？」大嬸比較小心眼。

「微痛。多痛多賺，多勞多得。沒有人在拍，放心。」我出手快，打她兩下，給她一千。

最後，他倆都主動把臉湊過來。

最後，我們三人都笑了。家家有求，各得所需，還約定了往後的日子和地點，秘密被我摑打。

他們已經成了可靠的同伴，關係維持了兩個月左右。

直到一天⋯⋯

我駕着那部全城耀目的超跑，到達我們約定的地點，大嬸沒來，男人說，她死了。「甚麼？為⋯⋯甚麼？」我驚詫問。男人說：「醫生說她的大腦長期受到不知名的震盪，三個腦室爆血管，沒救了。」

換言之⋯⋯我在不知不覺間殺死人了？

我間接⋯⋯直接⋯⋯誤殺還是謀殺？

總之，我把人殺了。

男人說罷，沒有再被我掌摑，沒有再收我的錢。臨走時，他語重心長，道：「你收手吧！今日頭條新聞，三間銀行金庫持續兩個月被偷取大量千元大鈔。警方已經成立專案小組調查。」

魔瞳

（1）醜女自白

　　起初的時候，我以為是洗髮水或護髮素的問題，但換了三、四個不同牌子也沒有用。頭皮問題沒改善，頭痕問題愈嚴重，還有脫髮⋯⋯有時候照鏡，我輕輕一撥頭髮，像刮起風雪般，比空氣中的微塵還要多，肉眼看得見一瓣瓣白色的頭屑，散落在洗手間的瓷盆上，然後是數不清的斷髮，有黑也有白，或由黑開始變白的那些，無辜地被我一撥就爽快脫落，與頭皮一起在空氣中浮遊，似雪雨般美麗，卻想深一層，嘔心到極點。

　　唉！搔頭，已經無用，我直把頭蓋的表皮抓破了，一直

損壞、一直流血，才能止住痕癢。

後來我發現，抓損了的表皮，竟長了一顆豆大的小瘡，又有點像皮膚上的脂肪粒，唉！慘了，我本不漂亮，兔脣、鼻塌、單眼皮，還加上脫髮、生瘡，皮膚又因長期濕疹紅紅腫腫……

簡單一句結論：「我醜。像妖怪。」這是我打的第一份工——在畫室工作，老闆罵我的最後一句話，然後我被炒掉了。

縱然我畫得一手好畫，卻沒法把自己畫得漂亮。

所以，我從小就很愛美麗的東西，平衡自己的不美麗。

我不善跟人說話，也沒有人願意跟我交談。

我有一間畫室，曾經有六個讀小四的學生。可是上了兩個月後，有三個中途退學，另外三個還好，上完整個課程後才沒再報名繼續學畫。唔……我猜啊……因為那一次，我不小心咳了兩聲，在他們面前脫下了口罩，給他們看見我那張滿臉濕疹紅瘡和兔脣和鼻塌和單眼皮搓捏成的一張人不像人的臉，親手把他們嚇跑了。

不過我不愁生活！因為能畫出一手好畫。

本地有許多仿繪名畫的高手，但夠我平價的不多，而且我的畫功，有真跡 95% 相似。亦因如此，打資本給我開畫室的老闆不斷要我畫，拿去騙外行人。試過有一次，他拿着一

幅山水畫來，要我一口氣畫一百幅，我看見作畫者是「愛新覺羅ＸＸ」，便好奇一問，這姓氏不就是清代……

「別理，說是古代最後一個皇帝子孫好了，你照畫上去吧！有錢人，愛面子，我的市場部已設計好整個故事，特訂了一套行銷策略，你別理，只管畫。故事說得真，假畫便值千金。一幅三百，是你的價，坦白說，我能由三百變三萬呀！哈……」

老闆夠老實，可我也不苯。三百變三萬？那我要求加價！他卻說：「當初說好了，我打本給你開畫室，你替我幹五年，合約已簽，價錢已列明。還有，你可以開班授徒，賺到錢全歸你，我不收你租金、水電全包，你要加價？別忘記，像你這種『畫師』多的是，但你沒有這畫室，就甚麼都沒有啊！」

也是的！其實我有甚麼討價還價的本錢？

別人總是這樣看我——畫靚、人醜。別說別人，連我媽也這樣看我。她常說我繼承了父親的藝術天分，但她好討厭藝術家，父親是有名無利的畫家，後來兩人因為感情問題分開了，說我爸的藝術性格太古怪，賺錢又少，日日空談理想。當時我九歲，大人的事我不理解，我只知道，我右邊臉上有一條疤，是她給我的。那一晚，用熨斗！

後來我和她分家了，老師和社工替我安排入住家舍，那是訓練我面對別人目光和嘲笑的最佳場所。我承認那時候的

我異常暴躁，也怕見人，沒信心，自我保護意識極強，甚麼「邪惡兔」、「鬼兔王」等外號全加在我身上。曾經有兩位好心的社工姑娘對我特別好，在我整個求學歷程上幫我不少，其次是我的老師，特別是美術老師，是她讓我愛上繪畫。後來，我也不負她所望，考進了大學的美術系，光耀她的門楣。那幾年我特別有自信，不再怕別人如何看我的外表，敢於展露人前，她說：「心善，人自然美。」我說：「不可能！我這個樣子！」她說：「不是從外表看，美是內在！是一種精神。」

然而，由那時開始，我想嘗試談戀愛啊！

有誰會因為我的內在美，願意吻我滿是紅疤的額，吻我古怪的唇？

人是膚淺得只看外表的動物！

進了大學之後，我再次戴上帽子和口罩，那時班上有些男同學會因為我的畫而跟我做朋友，大家都不介意我醜，但我介意自己呢！我相信，如果我除掉口罩走在街上，別人的目光必定指指點點，以為是荷里活某電影公司來香港拍外星怪物電影的造型。

直到最痛的一次，我媽打電話來說，要移民，不帶我，後來我回家打掃，發現她甚麼都帶走了，就是沒帶走我和她拍過合照的一本相簿。我希望她是忘了帶，可是更相信她故意不帶。這件事不到一星期，我收到一通電話，就是給我開畫室的老闆，他劈頭第一句就說：「你中學的美術老師退休

了，不肯替我找你畫畫。我直接問她取你的電話號碼，不介意吧！」

「甚麼？」我一頭霧水。

「你老師一直叫你多畫畫，畫的都是名畫，對不？」老闆說。

「唔！是訓練來的。」我說。

「是用來賣錢的！你知道？」他老實道。

「不知道呀！」我道：「我的畫是給她用來教學用！」

老闆沉默了幾秒，爽快揭穿，道：「阿妹！你夠天真！我是開畫廊的，她拿你的畫賣給我，我賣給別人，賺了不少錢呢！她⋯⋯有分給你嗎？」

我忘了當時如何回答。那年剛大學畢業，母親移民，老師出賣，我可以怎樣？我好像簡單地應了一聲沒有。及後他開出條件，給我開畫室，我替他畫畫，賣到的一幅，三百至一千不等，視乎畫的難度和知名度而定。那時我衡量過，畫畫不用對人，只管對畫，而且一畢業便開畫室，是夢想成真啊！

我考慮了半天，應承了。那時幾個大學同班的好友力阻我，說這樣不是藝術，那樣有違創作精神，沒骨氣。不過同時有幾個撐我的就說：「出來社會工作就知道，骨氣是不賣錢的，要不就當個順老闆意的奴才，要不就靠自己實力而不

靠人，但別忘記，你的實力不代表你有人脈和社交能力，照照你的樣子，當朋友才跟你說真的，以貌取人，社會必然，余真呀余真，你畫假畫賺到錢，便可以想做甚麼就做甚麼，也沒人迫你只畫假畫不做創作，你去廟街走一遭，名畫都擺滿一地啦！」

是，我叫余真。花名余小兔，習慣了這可愛得來帶點嘲弄的稱呼。

只是我仍很在意別人的眼光，放在我臉上。

兩年來，我畫過的畫讓我不用開繪畫班也夠生活。

直到近一個月來，我發現頭上的問題，比我的外表更令我苦惱，還確確切切的為我的醜陋外貌添上幾分鬼魅。

最近畫廊老闆來過一次，看過我的臉，我也跟他提及我的怪病。

這是我第一次讓一個男人近距離觀看，他的確頗勇敢，而我對他有一種莫名的信任，有一種默契，相信他會給我好的建議。

不過兩星期後，地產經紀上門，我問他甚麼事，他說老闆打算放盤，還叫我搬，語帶威脅。

（2）滿頭都是眼睛

我的頭越來越痕了，痛痛癢癢的，我快崩潰了。怎麼老

闆來看我以後，這裏要賣盤？怎麼了怎麼了，我的外表怎麼了？

沒怎麼了。只是後腦有一小撮脫髮，腫起了的那顆小瘡，突然變成一隻會眨眼的眼睛，眼球是深藍色的。

呀 ~~~~~ 哇 ~~~~~~ ！

上環，文咸東街一百號「福至樓」，三樓「夢見」畫室。這一晚，我不斷地發出痛苦怪叫，鄰居害怕得不敢報警，以為鬧鬼。

警察上門後，我不敢開門，只打開了大門門縫，訛稱自己失戀和肺炎，打發了他們。

那刻，為免再度引起鄰居的不滿，招惹警察再來，我只好強忍着，把惶恐的吶喊強壓下來，然後，忍受一把源於後腦勺的聲音跟我説話：「上面九樓有個男人往下走來，不用理，他沒惡意，不是地產經紀。」後腦的深藍色眼睛眨眼説話，像摩斯密碼，而每眨動的頻率好像連到我的心臟，把信息直抵心靈深處。

豈料，那男人走到三樓時，他停在畫室門外。我看見，我跌坐在大廳的地上，後腦的眼睛原來甚麼都看得見，好像 CCTV，是守護我的保安員。

那男人走近門前，抬頭環顧四周，自言自語：「幾十年舊樓，又殘又舊，開畫室，哪會有人？」

「別緊張，他好奇而已。他好奇而已。該沒惡意！」深藍眼睛猜度着。

突然，頭頂中央傳來一陣痕癢，我忍不住搔了兩下，頭皮結的痂一抓即破，鮮血直流，我慌忙地衝去洗手間，擰開水龍頭，一頭栽進洗臉盆，沖走傷口上的血，抹乾稀疏的怪頭後，一隻磨沙金色的眼睛在頭頂中央睜着眼，看着鏡子中的我。

「這男人很古怪。你看，他正在門前端詳我們的門牌。」磨沙金色眼睛略帶緊張：「如果他按門鈴，我便發動攻擊？」

「攻擊？怎樣攻擊？我只是一個小女人。」我按住頭頂，以為是一個制服的行為。當然是我太天真，磨沙金眼睛讓我看見它那張猙獰的面目，睫毛非毛，是尖銳的利齒，一下一下的張口噬咬，裝「兇」作勢。

「不！我不要！」我雙手掩面，眼瞼如擰壞了的水龍頭，淚水直流，愈流愈激動，彷彿要把這些年來的冤屈一次過噴湧出來。結果，哭了幾個小時，哭到筋疲力盡，沉沉睡去。翌日醒來，頭蓋多生了七顆小瘡出來，這幾塊郵票大小、紅紅腫腫的肉粒，輕按時微痛，滲出血水，再撩一下，便用了一小片乾硬了的血塊來，一隻新眼睛便睜開了。而在我腦海的影象裏，是硃砂紅、靛青、鵝黃、珍珠白、水泥灰、葡萄紫和鴨屎綠，總共七隻眼睛。連同前天的抑鬱藍和磨沙金，我頓成了一頭九眼的女妖物。

我絕望了。站在鏡子前，鼓起了前所未有的勇氣抬頭照鏡。照看之下，疏薄幼弱的髮根本是營養不良的植物腐根，九顆奇異的眼球有些睜着眼，有些緊閉着，眼瞼都有不同顏色，像用上幼細的畫筆塗上我常用的廣告彩。我怎麼了？到底怎麼了？是我太介意別人看我，便故意長滿替我監察四周的眼球，照看四周，也照看人心。但有必要這樣嘔心嗎？照看四周，四隻眼便夠；照看人心？我不想知道別人的內心啊！

　　我已累得搖搖欲墜，身軀像隨時掉下的崩岩，知道再照鏡也於事無補。這時，窗外陽光如刃，劃破灰黑色的厚窗簾，照到我專用的畫架上，我走近，坐下來，坐得歪歪斜斜的，電話響，我一接，就是地產經紀。「余小姐，你的單位已放賣，業主想跟你商量一下，月底前搬走，尚有兩星期，你沒問題吧！」

　　「有。」我道：「我不想搬。」然後狠狠地掛線。

　　那刻，靛青色眼睛張開了，讓我預見到一個男經紀和四個彪形大漢，在不知甚麼時間，帶了鐵鏈和鎖頭，還有一桶極臭的糞便。

（3）魔畫

　　「她醜，天呀！我也沒見過這種醜。斜視眼、塌鼻、兔唇、爛面、濕疹、一頭都是像眼的爛瘡，老實說，我有叫她看醫生，有介紹過醫生給她，但她不想見人，還把賺來的錢

買畫具、佈置畫室，唉！但她佈置的畫室，都把小朋友和家長們嚇走了。當初說好的，我給她開畫室，她替我仿畫，她開畫班賺到的，我一分毫都不拿，也不用她交租，我撫心自問，算待她不薄了，一個從小到大都介意別人眼光的人，會有朋友麼？長大反出來社會做事，會有貴人麼？若非她一手了得的功夫，我早已聯絡馬戲團，把這副奇形怪相當怪物作巡演，或許賺得更多。」

一次，余真送畫到老闆的畫廊，聽見老闆跟電話中的某人提及到她，就是這一番如刀似劍的話。如今，由一隻長在左耳旁的鵝黃色眼睛再次跟她舊事重提。

其實老闆說得沒錯！這一幢爛唐樓內，藏着這樣一間風格獨異的畫室，歌德式的古典暗黑，東洋百鬼的幽暗異樣，天花鋪上繡上銀線的黑紗，幾蓋放黃光的射燈，黑白相隔的地板，一組深啡色的皮沙發鋪上珍珠白的繡花薄布，蓋掩一道又一道因失修而龜裂的紋路，如在千歲老人的臉蓋上方巾，別讓難看的一面被人看見。

只有我這種自閉孤獨的醜女才想得出來吧！她自嘲。

唉！開畫室教畫？家長帶小朋友上來的時候，一看見她，再看看她的畫室，不走人才怪。

「別怕讓別人看，醜怪有醜怪的自信。」另一隻眼睛這樣說。余真掩住耳朵。

「樣貌是其次，最重要的是你畫到一手好畫。努力把自

己想畫的，畫給別人看。」硃砂紅耳朵鼓勵她。

余真放兩根指頭按壓兩側的太陽穴，道：「我信！我仿畫的畫賣得很好，不少餐廳、酒家、時裝店、酒店都有來買。但我更想老闆把我的畫作放在畫廊，說不定有人買。」

「自己放上網賣，做 KOL 教畫，開 IG，自己畫自己賣！」鵝黃道。

「對呀！連畫連送貨一手包辦！接下訂單就開工。」珍珠白講出一系列市場大計。

「但你的創作都是黑色的、深沉的、充滿邪氣，哪有人買？你眼中的世界都灰灰黑黑，間或部分血紅。我想啊！可拓展的市場有限。」靛青在細心分析，又道：「所以老闆的想法有幾分對，買畫的人有多少是真正懂畫？藝術跟買畫其實是兩碼子的事。到老闆的店買畫的，十之八九都是酒店、高級餐廳、私人會所，根本是附庸風雅的偽術。余真呀！你最賣的不是藝術，是「偽術」，虛偽的偽呀！」

「那麼說來，要靠自己，還得要找到穩定的買手——老闆！他買畫有口碑。」珍珠白嘆一聲。

「是我的畫有口碑。外表除外。」余真雙手抓頭，把眼睛們壓出血水來。

翌日，余真打電話給老闆，求他擺放兩幅作品到畫廊展示。

豈料老闆聽了幾句便心頭火起，連珠炮發地罵道：「你還好意思跟我抱怨不賣你的畫？怎麼賣！你告訴我，怎麼賣？這世界都以名聲先行，懂得鑑賞梵高、畢加索、莫奈的人有幾多？但為了氣派為了裝潢，有一兩幅「真迹」才夠體面。老實說，一般人哪懂真偽？說服自己一下，那是仿真度極高的名畫，便登時歡慰起來啦！哪管是餐廳、商場、豪宅、豪華會所、私人住所，只要有名畫，就有氣派。好比一張人手親織，極度名貴的土耳其地氈，動輒一兩萬美金一張，有誰可以說買便買？不要緊！我也有越南廠出，織機製作，人工亦便宜，織出的土耳其花款幾可亂真。余真呀！面對現實啦！這世界，懂得自欺欺人，又學會體面，何樂而不為？織上一段土耳其文字樣式，就當作土耳其出產了。」

　　「我懂得面對現實呀！現實就是，沒有人想面對我呀！」余真也激動起來，半哭半喝。

　　老闆沉默數秒，聽見余真的喘氣聲，也替她感到無奈。「老實說，你是我見過眾多畫家之中，模仿能力最高的高手，這是你的天賦禮物。至於外表，我從不關心，也不怕看見你，當然，如果可以的話，也不想看到你。不過我是生意人，看重的不是外表，是你的畫筆。不過，我的確要放售你的畫室，這區快要重建，與其被財團低價收購，不如早點賣掉。你該懂得，現實來呀！」

　　余真沒回應。在電話裏頭，老闆看不見她的表情。其實這一刻，頭上九顆眼睛都瞪得極大，崩緊的神經直把瞳孔的

123

微絲血管扯裂了。

「唉！算吧！這兩年來，你也替我招了不少生意。好吧好吧！就讓你放兩張作品在我店裏，先旨聲明，封塵又好，無人問津都好，別扯到我頭上來！」老闆心軟，最後願意給余真一次機會。

余真道了謝。掛線。滿心歡喜的坐到畫架前，鋪好畫紙，攤開了要用的畫具和顏料，兔脣「裂嘴」而笑，兩眼流淚，頭上九眼的淚也滲着血，像染紅髮的顏料直直的滴到地上。她知道自己得到了唯一一次的機會，把最想表達的統統畫出來。

「畫甚麼好呢？小真，畫這醜惡又虛偽的世界吧！」磨沙金道。

「畫吧！放膽去畫。小真，把醜惡的人畫得更醜，這才是真正的現實！」靛青咬牙切齒道。

「小真，你一直收藏了兩幅得意之作，可以交給老闆啦！」珍珠白的語氣比較善良。

鵝黃相對冷靜，意見比較中肯：「難得有這麼一次機會，不如別急，好好想想，有哪些人哪些事作題材，好想認認真真地創作。」

余真聽着眼睛們的意見，靛青的眼睛能讓她看見危機，硃砂紅讓她回望過去，鵝黃和珍珠白懂得安慰，深藍總是抑

鬱，磨沙金比較進取，水泥灰一直都灰心喪氣，除了厭世的嘆息便不甚作聲，葡萄紫總是小器加妒忌，跟刻薄的鴨屎綠一樣嘴賤，一開口就置人死地般毫無轉圜餘地。

「唉！我該聽誰呢？」余真正自苦惱，眼睛依舊談論不停，直到她愈聽愈累，倒在沙發上睡去。豈料這一睡，竟睡了整整兩天，醒來的時候已是第三日的下午。而最奇怪的是，一幅詭異的人像畫圓好地畫成了，穩穩的在畫架上，余真揉揉眼睛，還以為身在夢境，眼睛們都醒來了，九顆瞳仁一同盯視這幅神秘的畫，它好像有一種天生的魔力把凝視者牢牢攫住，光線、用色、角度、構圖、氛圍、主題深度，堪稱一絕。

余真呆了，張口無言，而張口的闊度和圓周，跟畫中人的口恰恰百分百一樣。不過，這幅半身人像特寫作品，根本不是人，是一頭妖，一頭整塊面都是口的妖！或者說：整塊面都是由嘴唇與嘴唇黏合而成，有些張口，有些緊閉，有些嘴歪，有些嘴美，有些唇厚，有些唇薄，有些露齒，有些崩牙，有些牙尖，有些牙缺，有些噬咬，有些咬唇，有些伸脷，有些藐嘴藐舌。畫題是：出口傷人。

是我的心聲。

「小真，是你的心聲。」

「是常人的心聲。」

「是常人都做的事情。」

125

是我畫的畫？但明明睡着了啊！

「但畫得很美，很有力量。」

「有一種難以抗拒的魔力！」

正當余真跟眼睛們一起邊鑑賞邊討論之際，街上忽然傳來一陣陣極刺耳的尖叫聲！

繼而是途人的驚喊聲！嚎叫聲！

午後三時，上環鬧市的內街，舊樓一列一列，如古老的墓碑，路人不算多，過馬路的十幾個，帶小孩的、買菜的、送外賣的、散步的，都站在交通燈前等過馬路，偏偏，馬路中央的安全島上，一個身穿光鮮西裝的男人和一個灰色行政套裝裙的女人，直直的站住，面無表情，因為，他們的臉跟余真的畫，一模一樣！

由午後三時開始在網路瘋傳——一對滿臉是嘴的妖走到人間！途人拍的片段已不停地在各大網路

平台廣傳，影片所見，他們如常過馬路，如常在城市存活。

余真滑着手機，三大電視台和網台所得的片段，最長的一條不過三十秒，這對男女過馬路，步急且快如日常生活節奏的走路方式，走了一條街便轉入大廈的後巷，追拍的人便再拍不到，他們就突然間消失了。

（4）變臉

余真最後沒有把這幅滿臉怪嘴的畫交給畫廊老闆。她聽取了珍珠白眼睛的意見，把一直珍藏的兩幅畫送出去。為了確保老闆真的把兩件作品掛到牆上，她罕有地悉心打扮（無非把自己的尊容遮遮掩掩），親自帶到畫廊去。

「你⋯⋯你來幹麼？打電話給我，我找人上畫室取畫就可以啦！」老闆避開她的視線，態度嫌棄，也怕跟她對望。

余真深知自己有多醜，這裏有多高貴優雅，光線明亮，格格不入是既定的事實，也叫她渾身不自在。心忖：若非要你把我的畫掛到牆上，我真寧願鑽進我的暗黑色安樂窩去。她道：「我想看你把我的畫上牆。掛哪裏都可以，總之有機會給人看見就好。」

「你不信我？」老闆悶哼着。

「不信！」余真直接了當的冷道。

老闆沒應她，還叫助手給余真遞上一張支票。上面的銀碼很大。他道：「這十五萬。當中五萬是這兩個月來你替我畫畫的酬勞，那幾十張畫都賣光了。另外十萬是我念你這幾年替我賺到的，當是打賞又好，是慰勞或補償都好，總之是我私人給你的。請你搬走吧！另找個地方，或者自己做些網上生意，怎麼都好，儘快搬最重要。我真的仁至義盡，好好為自己打算，你知你的樣子，唉！哪有人想跟你學畫？不如找到個地方後，重新開始。」

「你以後都不找我畫畫了？」余真問。

老闆乾笑兩聲，道：「你肯畫，我自然找你。但你近來仿畫的畫，老實說，你是做了手腳的，別以為我不懂看畫！」

「都賣出了，不是嗎？」余真好像被戮破秘密，顯得有點虛怯，忖道：「他果然看得出來，我在用色和光暗都加了自己的想法。」

老闆一邊叫助手替余真的畫掛上展示牆，一邊背着她道：「賣得出，不等如你可以自把自為。」又道：「有些懂畫的客人來到，左挑右剔，看他們的臉色，猜他們的心意，鑑畫、賞畫到賣得出，我都有一半功勞。」老闆說着之際，店門的鈴鐺一響，一個年若五十的中年男人進來，他身後跟住兩個助手，一男一女。

以老闆的經驗看來，就知道這個中年男人，絕非等閒的膚淺富豪。門外泊着他的車，少說都三、四百萬。照推斷，他絕對買得起蘇富比拍賣的珍品！那來這店作甚？來找真品？別說笑了，老闆自己都心照不宣，他賣的都是仿的，或者一些薄有名氣的畫家作品，閒時那些所謂富豪，別論品味高低，憑感覺和喜好，買完就走。但這個人似乎極難招呼，任老闆如何賣力介紹名作，他都不屑一顧，又或者推介畫壇新星的作品，他也不甚理睬。

那是白撞啊！正當老闆給他一張臭臉，準備冷面送客之際，哎唷！他身邊的助手遞上一張黑色金字的信用卡，卡上

印有一間蜚聲國際的銀行名字，上面還有一行英文小字，其中刻印着「鑽石級客戶」。不得了，不得了，這張卡，是一種黑金色誘惑，是一種定義成功的註腳，而這男人，不是富豪，是超級富豪！

「老闆，很少見你來……」畫廊老闆的臉變得極快。余真打個突，看見他搓着兩手，態度恭敬得如古時面對帝王的太監。

余真打從心底裏看不起他。

九顆眼睛都在偷偷地罵，珍珠白冷哼着：「變臉變得真快！這種人見高就拜，見低就踩。」

深藍眼睛嘆息着道：「算吧！他願意給小真十五萬，該是個好人吧！」

靛青眼睛喝道：「那是小真應得的。好人又如何？一副臭嘴臉，作嘔！」

「算吧！一個人有多少張臉，我們看得少嗎？」余真淡然的道。

這時候，超級富豪和助手在店內逛着，品評一些名不經傳的畫師作品，拿起一些來看，始終不合意，便輕輕放下。直走到余真的作品前面時，富豪停住腳步看畫，足足看了兩分鐘，便跟助手細語交談。

「我老闆想知道，這兩幅畫要多少錢？」助手指着兩幅

畫。余真和老闆循富豪助手所指的方向看去……

老闆心下一愕，忖道：「糟！忘了標價錢。」又想：「我……我哪會想到醜女的畫有人看得上眼？我本打算敷衍了事，擺一會兒應付醜女，便把它擱在後鋪的牆角孤獨終老。」

「小真，你聽見嗎？畫廊老闆的心聲呀！」磨沙金能聽見別人的想法，它把老闆的聲音傳到余真的耳中。余真登時火起，想起自己的作品竟像足球隊的大後備球員，坐到後備席最末的位置，是冷板櫈中的冷板，是冷宮深處的寒宮。

「是我的！」余真既嬲且怒，不待別人代言，便舉手為自己爭取幸福。富豪和助手轉頭看過去，跟余真對上眼，卻叫她羞怯起來，別過臉去，不想讓人揣摩她的一張醜臉。

「你畫的？」富豪脫下墨鏡，定睛看着余真，更叫她不自在，迴避他的眼神。

余真點頭，應一聲「唔！」

「大……大老闆……這……兩幅？」畫廊老闆訝異的問，臉上已露出難以置信的神色。

富豪沒開口，有一種人神莫犯的威嚴。助手代他回應，道：「對！是這兩幅。怎麼了？不賣？」

老闆仍在猶豫，一副蠢臉。富豪的助手再次遞上那張黑卡，道：「黑卡的信用額也不夠錢買這兩幅？」

「真可笑，怎會不夠？我⋯⋯我是不懂開價啊！原本都沒想過要替這兩幅畫標價錢。」老闆忖道。

「這⋯⋯這兩幅畫⋯⋯她⋯⋯她在畫壇一點名聲都沒有，也未曾露過面⋯⋯」

「但她該是近十年難得一見的明星⋯⋯」富豪突然插口，道：「唔⋯⋯一萬元一幅，我全要，就兩萬吧！」

「還不快提下來？」助手喊道，畫廊老闆慌忙把兩幅畫小心奕奕的平放在桌上，好讓富豪仔細鑑賞。「唔⋯⋯對了，夠特別，很好！」富豪瞇起眼睛，助手醒目地送上老花眼鏡，讓他看清楚畫上的那隻黑兔子，牠走進了像但丁描繪的地獄中，在一條無窮無盡，以透視方式呈現的石梯上行走，四周岩壁刻着、鋪着、佈着不同顏色的眼睛，好像在盯視黑兔子的一舉一動，每一隻眼睛的目光充滿歧視、憐憫、不屑、鄙視、厭惡、憎恨、無奈、惡毒。有趣的是，兔子的眼睛卻很明亮，神情自在，畫得微細的嘴角上揚，頗享受的樣子。

「畫得好！」富豪情不自禁地點頭，助手隨即換上另一張，也是黑兔子當主角，背景是天堂，白雲處處，天使滿天，但！眾天使手執兵器，瞪視牠。可是黑兔子表現強悍，敢於對抗，挺直身子傲立天使軍團跟前，挑釁味道極濃。

「好畫⋯⋯好在哪裏？」老闆好奇的問，富豪沒答話。良久，他才道：「就這兩幅，我看這樣吧！值兩萬。」

余真大喜，老闆大喜，助手和富豪依舊冷峻。「我老闆

説的兩萬，是美元計。」

余真狂喜，老闆狂喜，富豪以一個天價買下醜女的兩幅畫？還即時支付現金！一疊真金白銀的美金在眾人面前數、數、數……哈……發達了。

「多畫吧！你一定是畫壇明星！可以給我聯絡嗎？」富豪問余真。

「甚麼？一登大雅之堂，當上畫壇新星？不是吧！」老闆又驚又妒，心忖：「但……她的樣子奇醜，怎能見人……還說甚麼畫壇明星？」

「有何想法？」助手交了錢，收了貨，看見老闆一臉驚疑。

「沒……沒問題！實在説，她一直都在替我仿畫，這……兩幅是我給她機會，擺在這，靜待有緣人，怎料一掛上牆便給賣了，實在意想不到，反應不及。」老闆指着余真。

「你是她的經理人？」富豪問。

此刻，余真想作聲，老闆的反應卻比她突然快上兩倍，裝老實又扮謙厚，道：「也不算是……或者又可以算是，我一直欣賞她，所以叫她多畫，賣了錢就分給她。經理人……算吧！或者算是代理之類。」

余真站在遠處，不大清楚或明白老闆的意思，自己卻羞於外表不敢走近，只見他們圍繞着她作話題聊了一會，富豪

便做個再見的手勢，連人帶畫的離開。

富豪離開後，老闆興奮地攬着一疊美金，打發員工下班，關上店門，決定放自己半天假！兩萬美元啊⋯⋯明日之星⋯⋯想想看⋯⋯想好了，不如這樣：「雜誌主題是：名畫背後的醜女傳奇！哈⋯⋯美女有美女的做法，醜女也有醜女的對策。就這樣！我要她曝光，我要她筆下美麗的畫和她的醜樣子曝光。」

余真一直看着老闆神經失常的自言自語，卻沒把剛才賣畫的錢分給她。

她再次鼓起勇氣道：「我賣畫的錢呢？」

剎那間，畫廊靜得鴉雀無聲，店外的斜路有車偶爾駛過，陽光穿透偌大的落地玻璃窗，用45度角的姿勢照在余真的身上，照亮她腋窩以下的半身，其他身體部分，已藏在陰影之中。她發怒，身體抖起來，淚水自眼角滑下，一直積壓的抑鬱如山洪般暴發！她使盡全身力氣怒吼：「把賣畫的錢分給我——！全都是我應得的——！」

老闆被她轟天的怒吼嚇了一跳！

只不過，僅僅是嚇了一跳而已。他已想到一個完美的市場策略，余真在大吵大嚷嗎？就讓她吵個夠，嚷個夠吧！

「吵完了沒？」老闆任由余真狂吼怒叫吵吵罵罵幾分鐘，乘她力盡喘息的時候才慢條斯理的道：「在商言商，我

承認我是無情的。畫，我懂，錢，我更懂！」又語帶勸慰的道：「余真呀余真！你的創作不一定在你的畫室，不止賣這個價錢，何需執著剛才這一筆？我有更好地方，換個更大的舞台給你，是世界舞台來啊！剛才賺到的，我分一成給你，其他的，用作接下來的宣傳費用。」

單純又入世未深的余真似乎上鉤了！

她靜了下來。老闆換上一張真誠的臉，遮掩那一抹奸狡的表情。磨沙金眼睛看得出來，叫余真別要相信任何說話，深藍眼睛看得出來，叫余真一定要拿回屬於她的酬勞，鴨屎綠眼睛也看得出來，卻叫余真別再糾纏，拿回應得的就走，以後的事以後再打算。

但余真選擇聽下去……

老闆的苦口婆心都是裝出來的，表情老實又誠懇。他道：「不瞞你，那富豪買了你兩幅畫，價錢的確高，以新人來說很不俗。今次，我加多一點給你，三千元一幅，你首次賣出個人創作已賺這麼多算很好了。你知道畫壇上有多少新人能有此成績？」然後，他的語調故作興奮：「我決定，替你在中環開畫室，新裝修新設計，開班授徒！我們先賣了上環的這間，轉手先賺一筆，來年，信我，來年替你在中環找個更好的位置，開一間全新……」

余真打岔，冷冷回應：「我的畫陰陰沉沉、古古怪怪的，你不是說沒人要嗎？」

「嘻！你沒聽過TIM BURTON這位大導演嗎？」老闆道。

「唔！」她當然聽過這位一等一的荷里活鬼才大導，道：「但我不是他！」

「但你可以成為他！」老闆道：「醜女呀醜女！你的畫可以走這個方向，你的樣子也是這個方向的呢！這才有市場價值！我想過了，先在網上宣傳，然後聯絡傳媒報，找一些雜誌訪問你，主題是：名畫背後的醜女傳奇！反正，美女有美女的做法，醜女也有醜女的對策，只要你肯曝光，讓傳媒以你的醜來報道，塑造你很醜，但你的畫呈現美的自信，很大可能會有另一些跟你一樣醜的人捧場。況且，那富豪欣賞的話，必買！屆時，擺畫展、搞拍賣，再做國際巡演，余真，你不是不讓我當你的經理人吧！」

「其實……我只是一枝畫筆，是不是？在你眼中，我是不是人？」余真一邊聽老闆為她策劃的大計，一邊聽着眾圓眼睛的咒罵，幾已肯定這個所謂為她着想的男人，該死。

但老闆還以為自己有生意頭腦，道：「我為你好而已！你的自信和堅強，是賣點呀！你的樣子和作品，是賣點呀！我幫你建立形象，有問題嗎？當你的經理人，有問題嗎？雙贏呀！」

余真沒回答，她已決定離開畫廊，拒絕合作。她伸出手來，向老闆要錢，道：「先多謝你的十五萬，請把剛才賣畫的一半分給我。我不會再跟你合作。」

老闆乍聽之下，心底暗驚，生怕失去一棵有潛力的搖錢樹。但他見用軟不行，短短思考十數秒，便決定來硬的，嚇唬這個道行不高的弱質醜女。他走前兩步，態度硬起來道：「這幾年來，如果不是我給你機會，你會有自己的畫室？你可以依靠畫畫便生活得到？你說！若不是替我繪偽畫，你吃甚麼？如今跟我斤斤計較，今日這些錢，加起來都十幾萬，我賺得心安理得，分給你也分得光明磊落，還替你想好了行銷策略和形象包裝，不單是為我，還是為你呀！你發我脾氣？你有本事的話，走！這點錢不算甚麼，拿我給你的，看你能吃多久。滾！樣衰的妖怪，你別再露臉呀！以後要小心，當畫家不成的話，會被人活捉擄走到動物園去，被我們人類關起來研究！滾——」

　　余真原以為發惡怒吼，會為自己爭到丁點利益或機會，豈料還是老薑夠辣，老闆先軟後硬，一張支票如利刀一劃，把這段離奇的利益從屬關係狠狠切斷。「好心被雷劈！原本你好我好的，偏要跟我反臉？」老闆再踏前一步，正面逼視余真，一手把六千美金塞到余真手上，道：「滾了之後，自己好好想清楚！以後沒了我，你還有誰！如果想跟我再合作才滾回！」

（5）眼睛的會議

余真自覺人生完了、崩潰了。

照鏡的時候，看見頭上九顆眼睛，叫她不禁緊閉雙眼，真諷刺啊！原有的雙目像一道巨型鋼閘關得死死的，頭上九顆色彩各異的眼睛偏偏活潑靈動。

余真似乎再不想見到自己的怪模樣，可是她無法控制頭上的眼睛，它們的開合不由得她，只是恰好生長到她的頭殼上，關係古怪，既共生又獨立。它們有自己的思想，對於老闆的變臉極不滿，高談闊論，你一言我一語，在余真的腦袋裏交戰。

「那是甚麼怪病？上天嫌我不夠怪誕嗎？難道真的要像TIM BURTON般，每齣電影的主角都是怪咖？或其實早已安排了我準備參演，當他的女主角？唉！怎會發生在我身上？我已戴上口罩了，還要戴上眼罩，封住雙目不看它們嗎？」余真愈想愈煩惱，迫得九眼滲出腥臭的血水。

「別這樣啊！我們會守護你。別傷心！」深藍眼睛是監察的守衛，偵測範圍三十米。

「我們會替你趕走所有打這個畫室主意的人。」硃砂紅和磨沙金都是凶悍猛將。

「小真，由小到大，你怕被人注視，介意被人看見，在乎別人目光，我們全都諒解，但到了今時今日，不該害怕，不該逃避了，直面面對醜惡的人。你有絕對的能力，把他們變成跟我們一樣的怪物，好讓他們感受一下被人歧視的難堪。」磨沙金的利齒鍘鍘鍘鍘，窮兇極惡的樣子。

「那商人只向錢看，他不是真心幫你的。我看得見他的內心話，往後跟他再合作，他必定繼續剝削你。」珍珠白始終較溫和。

「其實我一直反對你畫仿製品，堅持畫自己的作品，一定有人欣賞。」鵝黃道。

「不如正式自己開班啦！我肯定不會太差，別靠人，要對自己有信心！醜樣不是罪，你的筆比許多人的內心更美善！」珍珠白和水泥灰為她提供正能量，給她極大的支持。

深藍嘆氣，悶哼一聲，道：「不如……多儲點錢，去一次韓國，那邊的整形外科又先進又厲害。對自己外表不滿的人又不只你一個，許多明星都去韓國做手術啦！」

「不！要做自己！去韓國整形，不是做自己！」靛青第一時間反對。又道：「大家先回歸現實看看，眼前最重要的是，老闆要把我們趕走，我們就得解決這個人！」

「我想到怎樣解決了！」葡萄紫眨了眨眼睛，目光投在畫板上。深藍、磨沙金、硃砂紅、靛青、鵝黃、珍珠白、水泥灰和鴨屎綠，都心領神會了，一致認同。

余真猶疑，道：「真的嗎？這樣做的話……」

「你的作品極有力量，應該要給更多人活活看見！」磨沙金堅定地眨眼，確立了余真的存在價值，更好像一個德高望重的畫壇老前輩，對這位後輩微笑、點頭、嘉許。

而其他眼睛，都予以一致的堅實肯定。

會議結束。

（6）妖現人間

目擊者甲‧畫廊職員王小姐 (AMY)：

「今早老闆就坐在靠落地玻璃的小窗台那邊，他習慣向街，望望路人，捧起一杯咖啡，看看畫冊或者看報紙。我和另一位男同事一直都忙着其他事。大約一時左右吧！我在老闆身後的藏畫櫃整理一些舊畫冊，便蹲下來拉開畫櫃，執整一些老舊的仿古畫。突然！我聽見男同事大聲驚叫，是……超級大聲的驚叫！還大喊救命呀！撞鬼呀！怪物呀！叫個不停！」

「於是我便停了手腳，站起身，看他發生甚麼事！那時我是背着老闆的，只看見面前的男同事指住我，叫我快逃！『走呀！ AMY，走呀！』這樣。那刻我已經慌起來了，雙腳發軟，心頭劇震，感受到身後一個人趨近，是老闆吧！要怕嗎？」

「噢！那……那是我見過最恐怖的一張臉！不！不是一張臉，是……是許多張臉……不！確切一點說，是一本書，一本畫冊，每一頁都是不同表情的畫像，畫像還會開口，講甚麼我聽不懂的，我真的聽不懂，每一頁都在說話，冷氣風

一吹，他的頭⋯⋯書⋯⋯便不停吹翻⋯⋯我見老闆伸出手來，想拉住我，我已經魂飛魄散了，幸好 ANDY，即那位男同事一把把我拉過去，我倆頭也不敢回便衝了出去。」

目擊者乙・畫廊職員李先生 (ANDY)：

「我親眼目睹了老闆的頭，先是劇震、搖晃、擰來擰去好像我們擰開礦泉水樽蓋一樣。他⋯⋯整個人忽地僵住，想講一些話但發不了聲，張大口，想叫，卻用盡力把口張到最大了還是一聲不能響。然後⋯⋯嘩！我以為自己去了另一個世界，只有恐怖電影才看到的畫面竟然在我面前出現，我多麼想是發惡夢而已，他整塊面容不斷扭曲，不同的表情都在重組、縫合、分離，然後由頸項開始一直線向上，一塊面分成兩半，一條好像書脊的骨生了出來拉住兩邊臉，所有皮肉筋脈都成了糊狀，揉搓成左右兩團，好像我們不滿自己的作品時，把畫紙扭捏成一個棄掉的紙球，接着，扭曲變形的面容又把紙球拉平，一條一條的摺痕有血，一張一張的表情成了一頁一頁的畫像，最後變成一本畫冊人頭。」

「我⋯⋯我和 AMY 是否瘋了？其實都是我們日常壓力太大產生的幻象？真的不可能⋯⋯跟前幾天在附近的一個嘴臉妖怪沒兩樣，一街都是妖魔。」

目擊者丙・古玩店東主：

「平時我下午兩點才開鋪的，對面的畫廊比我開得早。今日，我和太太吃完早餐，突然想起下午一點左右，約了一

位客人在鋪頭見面，便馬上趕回來。一回來開門，就見到畫廊的兩個職員衝出門口，其中一個跌跌撞撞，差點被的士撞倒。我好奇望過去啦！哎呀！見鬼了！畫廊老闆個頭變了一本長方形的書！我登時給嚇到了，馬上關門大吉，從門縫裏偷看他，豈料……這本書……即是……他的頭會翻頁的，當他轉過來向我之際，那一頁正是怒瞪的表情。」

畫廊老闆最後消失了。

畫廊也跟隨結業了。

一個月後，有人報稱看見「書頭人」在畫廊原址經過，有途人拍下了放上視頻，但僅僅現身兩秒，畫面便突然黑屏，也有人說被人頭的書頁逼視，當場嚇暈了。與此同時，有一本地服裝潮牌崛起，始創人是一個外表極醜的兔脣女，喜歡戴頭巾，一手令人為之瘋狂的詭異人像手繪，畫盡了人間妖物。這陣子，鬧市人間，嘴臉怪、書頭人、狗眼妖、鞋底面，統統成了她一手創立的潮牌代表。聞說，她有一枝妖筆，畫了甚麼，總有人會變成甚麼！或者，人間妖魅橫行，她與生俱來洞察透底。更聞說，有人遇見過，她在中環某隱世 CAFÉ，跟一男一女的嘴臉怪談笑風生，聊了大半天。

香港作家巡禮系列
詭異人間

作　　者：殷培基
主　　編：譚麗施
封面繪圖：符津龍
書籍設計：符津龍
系列設計：張曉峰

總經理兼：劉志恒
出版總監
行銷企劃：王朗耀　葉美如
出　　版：明報教育出版有限公司
　　　　　香港柴灣嘉業街 18 號明報工業中心 A 座 15 樓
　　　　　電話：(852) 2515 5600　　傳真：(852) 2595 1115
　　　　　電郵：cs@mpep.com.hk
　　　　　網址：http://www.mpep.com.hk
發　　行：香港聯合書刊物流有限公司
　　　　　香港新界大埔汀麗路 36 號中華商務印刷大廈 3 樓
印　　刷：創藝印刷有限公司
　　　　　香港柴灣利眾街 42 號長匯工業大廈 9 樓

初版一刷：2024 年 6 月
定　　價：港幣 88 元 | 新台幣 395 元
國際書號：ISBN 978-988-8796-63-2

補購方式

網上商店
- 可選擇支票付款、銀行轉帳、PayPal 或支付寶付款
- 可選擇郵遞或順豐速遞收件

mpepmall.com

電話購買
- 先以電話訂購，再以銀行轉帳或支票付款
- 訂購電話：2515 5600
- 可選擇郵遞或順豐速遞收件

讀者回饋

感謝你對明報教育出版的支持，為了讓我們能更貼近讀者的需求，
誠邀你將寶貴的意見和看法與我們分享，請到右面的網頁填寫讀
者回饋卡。完成後將有機會獲贈精美禮物。數量有限，送完即止。

https://www.mpep.com.hk/hkwriters